# ガン飛ばされたので睨み返したら、相手は公爵様でした。これはまずい。

咲宮

ビーズログ文庫

イラスト／沖田ちゃとら

# CONTENTS

ガン飛ばされたので
睨み返したら、
相手は公爵様でした
これはまずい。
ギデオン
オブタリア王国三大公爵家の一つ、
アーヴィング公爵家の当主。
巷では冷酷公爵と噂されている。
アンジェリカ
レリオーズ侯爵家のご令嬢。
前世では日本でレディースに所属し、
喧嘩三昧の生活を送っていた
ヤンキー娘。

# 登場人物紹介

## クリスタル

レリオーズ侯爵家長女。
アンジェリカに
厳しい一面もあるが
妹思いの良き姉。

## ヒューバート

オブタリア王国の
第一王子。
ギデオンを
古くから知る友人。

## ルクレツィア

ネスロダン王国の
第一王女。
乗馬や馬術が得意。

## ヴァネッサ

テイラー侯爵家長女。
アンジェリカの
ことをあまりよく
思っていない。

## ドーラ

古くから
アンジェリカに
仕える
面倒見の良い侍女。

# プロローグ

パーティーが開催される王城へ向かって、私は姉のクリスタルと馬車に乗っていた。

「今日までよく頑張ってきたわ、アンジェ」

「ありがとうございます、姉様」

ふわりと微笑む姉は、淑女の鑑と言われるほど一つ一つの作法や立ち振る舞いが洗練されている。そんなクリスタ姉様からすれば、私は異端だったに違いない。

なぜなら私、アンジェリカ・レリオーズは転生者で、前世はヤンキーだったから。

日本という国でレディースに所属していた私は、地元では喧嘩最強とも言われていた。

そんな私が！　まさかこんな世界に転生するとは夢にも思わなかったわけだ。

貴族制度が存在し、王家もある。日本とは大違いの世界。

中でもレリオーズ家は侯爵家で、全体的に見ると爵位の高い方になる。そのレリオーズ侯爵家の次女として生きているわけだが、生まれた時から前世の記憶がある私にとっては地獄の日々だった。

求められるのはお淑やかな女性らしさと、品のある美しい立ち振る舞い。かつての生活とは対極といえるほどかけ離れた状況は、十八年経っても未だに慣れない。

そんな私が、今大人しくドレスを着ているのは、クリスタ姉様との勝負に挑んだからだった。決められた道を馬に乗って速く走った方が勝ちというルールで、乗馬が大好きだった私は負けるはずないと自信満々で挑んだのだが——結果は敗北。

今でも忘れはしない。負けた瞬間、背筋が凍るような思いをしたのを。

「私の勝ちね、アンジェ。……さぁ、お勉強しましょうか？」

この瞬間、姉様は本当に強くて逆らってはいけない相手だと本能で判断した。私がクリスタ姉様に忠誠を誓うのに、時間はかからなかった。

クリスタ姉様は淑女として完璧なだけあって、欠点も隙もなかった。おまけに私の癖や特徴を熟知しているので、私が敵う相手ではないことも理解した。

（淑女教育を受けたからわかる。姉様は凄い人だ）

全てを踏まえた上で、今ではクリスタ姉様のことを尊敬している。

そんなクリスタ姉様が、わざわざ私のために特注で用意してくれたドレスを拒むことなどできない。

（……でも、やっぱりひらひらしたドレスは苦手だ）

落ち込む中、せめてもの救いになっていたのは、アンジェリカの容姿はドレスが似合うことだった。腰まで伸びたストレートの赤髪は、とても鮮明で凛々しい色味をしているので、ドレスを着ても甘くなり過ぎずむしろ様になる。何よりも少しつり目な青色の瞳に、整っている顔立ちなのがポイント高い。前世から可愛らしいなんて言葉とは無縁だったし、今でも若干拒否反応が出るのだが、この容姿のおかげでドレスを着ても〝綺麗〟が先行して〝可愛らしい〟姿にはならないので、どうにかギリギリ許容できていた。

クリスタ姉様は私と違って少し薄めの赤毛、というよりはマゼンタ色の綺麗な発色をしている。薄紫色の瞳も中々に魅力的だなと思う。ドレスアップされた姉様は、どこから見ても完璧な淑女の姿だ。

王城に到着するまでの間、クリスタ姉様は私に最後の助言を送った。

「アンジェ。レリオーズ侯爵家の一員であることを忘れないで。たくさん知識を詰め込ませたし、立ち振る舞いも教えたわ。それでも、今日何よりも大切にしないといけないのは相手に下に見られないことよ」

「下に、ですか？」

「ええ。何事も最初が肝心なのよ。今日は社交界デビューですから。見くびられないためには、堂々としていなさい。アンジェは得意でしょう？」

「はい、得意です」

即答すれば、クリスタ姉様は嬉しそうに頷き返した。

実際、私は常に堂々としているのだが、そこは前世が役に立つ。

（下に見られるなってことは、ようは舐められるなってことだよな）

社交界は未知数なところがあるけれど、姉様の言う通りにしていれば何も怖くないし、そもそも怯えてもいない。

（舐められない為には、威圧するのも一つの手段だな）

そう考えていると、姉様は先程と違って圧のある笑みを私に向けた。

「あと、どんな時もお淑やかにね」

「……はい」

念を押す辺り、さすが姉様だ。

私のことを熟知しているクリスタ姉様は、私が何かやらかすと思って釘を刺したのだろう。一気に緊張が走った。

「そんなに怖がらなくても大丈夫よ。学んだことを活かせば、何事もなく終わるわ。そうすれば、平穏な社交活動を始められるはずよ」

「頑張ります」

クリスタ姉様の教えに忠実に、社交界デビューに挑んだ私は、言葉通り、平穏な社交活動を始められる――はずだった。

社交界デビュー後のとあるパーティーで、私はなぜか男に追われていた。

その男とは、冷酷と有名なアーヴィング公爵様。

容赦なく部下を切り捨て、泣く子も黙る騎士団長として名を馳せる人物。

透き通るように美しい銀髪に、圧を感じるほど鋭い紫色の瞳。少し長い前髪から見える瞳は、冷たい印象を受けるものだった。ガタイの良さは、騎士団長の名にふさわしいものので、高い身長がより存在感を増していた。

そんな相手を前にしても、恐怖は感じなかった。

ただ、焦っていたのは、自分がやらかしてしまったのではないかという自覚があったからだった。

壁際に追い込まれると、私は逃げ場を失った。仕方なく振り返って、アーヴィング公爵様と対峙する。沈黙が流れる中、じっと睨みつける公爵様の瞳を見つめ返していた。すると彼は、ふっと不敵な笑みをこぼした。

「いい度胸してますね」

その言葉は、私の心を大きく動かした。

# 第一章 社交界デビューでは舐められるな

どうして公爵様に追われることになったのか、話はデビュタントとして参加した王家主催のパーティーまでさかのぼる。

今回は、十八歳の貴族子女が集まり、社交界デビューを果たすパーティーだ。もちろん、参加者はそれだけではなく、国中の貴族が集まっている。

「今日はなかったけれど、アンジェにはエスコートの練習もさせないとよね……」

まだ何かあるんですか姉様。もう私は十分ですよ。

そう面と向かって言えたらどんなに良かったことか。真剣な表情をしている辺り、エスコートの練習は貴族女性にとって恐らく大切なことなんだろう。

クリスタ姉様の呟きを聞き流していると、会場である王城の一室に到着した。

（すげえ……）

豪華絢爛なパーティー会場は、見渡す限りどこも煌びやかに輝いていた。私にとっては目が眩むほど眩しく華やかな世界だった。

（派手なドレスを着ていても……私にはなんだか合わねぇ世界だな）

溶け込もうと格好だけ合わせていても、前世の記憶があるからか、よそ者感が拭えなかった。入場早々居心地の悪さを感じていると、何やらいい香りが漂ってきた。

（この匂いは……!!）

すぐさま目線を向けたのは、料理が並べられた一角。じっくりと観察しながら、料理の種類を確認する。

（やっぱり肉料理だ!!　いや、さすが王家はわかってんな。最高すぎる。……後で絶対食べるぞ！）

気乗りしない憂うつなパーティーに嫌でも参加したのは、豪華なご馳走が食べられると知ったからだった。美味しい料理に目がない私は、ご馳走を前に沈み切っていた気分が上がり始めた。

（美味いもん食えるんなら、頑張らねぇとだな!!）

口元を綻ばせながら眺めていると、クリスタ姉様に声をかけられた。

「アンジェ、顔」

「えっ」

「そんな気の抜けた顔をしていては駄目よ」

「す、すみません」

どうやら私は腑抜けた顔になっていたようで、クリスタ姉様から指摘されてしまった。

（肉料理は食べたいけど、舐められたら駄目だもんな。……しっかりしないと）

気持ちを切り替えたところで、父様の声が聞こえた。

「クリスタ、アンジェ。そろそろ挨拶の時間だよ」

「わかりましたわ、お父様」

私達を呼びに来た両親と共に、国王陛下に謁見しに向かう。

「アンジェ。失礼のないようにね」

「もちろんです」

さすがの私でも、国王陛下への謁見がいかに重要で、下手をしてはいけないかということくらいわかっている。私が導き出した最適解は、とにかく喋らないということだった。

（……よかった、無事終わった）

何事もなく謁見を済ませると、各所に挨拶へ向かう両親と別れた。

（よし、ご馳走――）

うきうきで料理の置かれた一角に向かおうとすれば、肩を強く掴まれた。

「アンジェ、ご挨拶が先よ。社交界デビューしたからには、避けては通れぬ道ですもの」

「そ、そんな」

（挨拶してる間に目当てのものが無くなったらどうするんです、姉様……！）

てっきり国王陛下への挨拶の後は自由に行動できると思っていたので、期待を裏切られた気分だった。

(まぁでも、姉様が私を一人にするわけないか)

納得するものの、残念な気持ちは拭えなかった。

「挨拶が終わったら、軽食を取りましょう」

「本当ですか！」

「ええ」

一気にやる気が生まれた私は、クリスタ姉様のご友人方に挨拶をするために後をついて行った。

「クリスタル様。お久しぶりですわ」

「クリスタル様、よろしければ今度お茶会にいらしてくださいませ」

おぉ、姉様はこんなにも人気なのか。

初めて見るクリスタ姉様の社交姿に驚きながらも、感心していた。

それにしても、一気に話しかけるのはやめた方が良い気がする。クリスタ姉様の耳は二つしかないのだから。

「皆様ありがとうございます。よろしかったらお誘いは後で招待状をいただけるかしら？」

「は、はい！」

心配はいらなかったようで、クリスタ姉様は一人一人丁寧な対応をしていた。私は顔には出さなかったけれど、内心「姉様すげぇ」と思っていた。

「皆様、よろしければ私の妹を紹介させてくださらない？」

「もちろんですわ」

「クリスタル様の妹君……」

ひそひそと聞こえる声が気になるものの、クリスタ姉様に視線を向けられた私は頑張って貴族らしい綺麗な笑みを作った。

「皆さん初めまして。妹のアンジェリカ・レリオーズです。今年十八になりましたので、今回デビュタントとして参加させていただいております。よろしくお願いします」

クリスタ姉様から教わった挨拶とカーテシーを済ませると、元の体勢に戻った。個人的には無駄のない挨拶をしたつもりだ。

「まぁ、とっても素敵ね」

「クリスタル様にお顔はそっくりね。……他は普通だわ」

「ずっと引きこもっていたみたいだし、妥当なんじゃない？」

あれで聞こえていないつもりなのだろうか。本人を目の前にしてこそこそと話す姿は気分が悪い。

私の引きこもりはある意味事実だ。淑女教育を終えていなかったので、クリスタ姉様は私を外に出さなかった。貴族令嬢と交流したいと思わなかったので異論はなかったのだが、周りからは良く思われないのだろう。決して嫌な気分であることを顔に出してはいけないと教わったので、ぎこちない笑みを浮かべ続けた。

「皆様、妹をよろしくお願いします」

「もちろんですわ」

「よろしくお願いいたします」

ひそひそと言っていた令嬢でもクリスタ姉様への敬意はあるようで、にこにこと返してくれた。私への言葉とは大違いだ。

なるほど、これが社交界か。

（……やっぱり好きにはなれそうにないな）

予想通りの感想を抱きながら、社交活動を続けた。

その後も、同い年の令嬢方に挨拶をしたり、たまたま遭遇した両親の挨拶に顔を出したりと、順調にこなしていった。

「よくできているわよ、アンジェ」

「あ、ありがとうございます」

今日の私はどうやら調子がいいようで、まだ一度もボロは出ていない。

「さ、一段落ついたところで、何か少し食べましょうか」

「はい……!!」

思わずガッツポーズをしそうになったが、拳をわずかに動かしたところで留めた。

(よっしゃ!)

(危ねぇ、ボロが出るところだった)

ふうっと安堵しながら料理の並んだ場所へ、クリスタ姉様と向かった。

肉料理が大量に残っていることを確認すると、口元を綻ばせながら取り皿を手に取った。

早速肉料理を載せると、その他の美味しそうな料理も取り始めた。

「アンジェ……ほどほどにね」

「……はい」

クリスタ姉様から突き刺さるような視線を受け、もうそれ以上取るなという圧を感じたので、慌てて伸ばした手をひっこめた。姉様の手元を見れば、まるで料理を手にしておらず、持っているのはグラス一つのみだった。

「姉様、食べないんですか」

「……少しだけいただこうかしら」

「その方が良いですよ。せっかくのご馳走がもったいないですから」

「それもそうね」

くすりと笑みをこぼすクリスタ姉様は、料理を吟味し始めた。

二人とも料理を選び終えたところで、少し離れて早速食べ始めた。

(美味い……！　さすが王家の料理だな……!!)

口の中に幸せが広がっていくのがわかった。喜びに包まれていると、突如どこからか視線を感じた。

(なんだ、この気配……)

嫌な気配に、食事の手を止めて会場を見回した。

誰かにじっと見られている気がしたのだ。理由はわからないけど、とにかく視線の主を探すべきだ。クリスタ姉様が軽食を口にしている隣で、私は周囲を見回し始めた。

(あそこか……！)

見つけた瞬間、私は男性とバッチリ目が合った。

(……なんだあれ。なんであんなガン飛ばしてくるんだ？)

視線の主は、少し離れた場所からこっちを思い切り睨んでいた。その相手は私なのかと疑ってしまうくらい強い視線だったけれど、周囲をもう一度確認しても私とクリスタ姉様以外の人物はいなかった。

(姉様は下に見られるなって言ってた。……ガン飛ばされたら、睨み返すのは基本だろ。ここで目を逸らしたら、ひよったと思われる)

私は負けるかという気持ちで、思い切り睨み返した。

相手はいかにもガタイの良い男性で、圧のある雰囲気があった。他にわかるのは、綺麗な銀髪をしているということだけだ。

（もしかして私のこと、社交界初心者感丸出しの青臭いガキだと思って馬鹿にしてんのか？　上等だ、その喧嘩、受けて――）

「何してるの、アンジェリカ」

「な、何もしてません」

クリスタ姉様の声でハッと我に返ると、私は瞬時に目を伏せた。証拠隠滅のために。

（まずい、クリスタ姉様が私を愛称で呼ばない時は怒ってる時だ……！）

隣にいたのだから、睨んでいるのも絶対にバレた。そうわかっていても、ごまかしてしまう。

「そうかしら？　私にはアンジェリカが誰かを睨んでいるように見えたけど」

丁寧な口調だが、声色は冷ややかなものだった。私は観念して理由を話そうと顔を上げる。

「あれは誰かじゃなくて――」

そこに睨んできたはずの男は立っておらず、周囲を見回しても見つからなかった。

「……いない。姉様、確かにあそこに人がいたんです」

「そう。後でしっかり、話を聞かせてもらいましょうかね」

有無を言わせない笑みを向けられ、私は一人心の中で合掌するのだった。

（あ、終わった）


パーティーも終わりを迎え、ぞろぞろと貴族が馬車に乗り始めた。

私はというと、馬車に乗ってクリスタ姉様と向かい合う形で座っていた。姉様の無言の圧が強すぎて、私は延々と足元を見ていたけれど。

「ねぇアンジェリカ」

「はいっ」

名前を呼ばれたので、顔を上げて反応する。クリスタ姉様はじっと私を見つめていた。

「人を睨むことは品のあることかしら？」

「……品はないと思います、けど」

「けど？」

「舐められないための立ち回りではあるかと」

私の答えが予想外だったのか、クリスタ姉様は目を丸くした。姉様からの追及が止まったと判断すると、私はそのまま自分の行動理由を熱弁した。

「睨んでくるということは、私を下に見ている意思表示だと思うんです。それを受けた以上、やり返さないと舐められると思って、思い切り睨み返しました」

「その……睨み返す理論はわからないけど、先に睨んできたのは相手なのね？」

「そうです！　変な男がこっちをじっと睨んできて」

「それはあまり好ましくないわね。……ごめんなさいねアンジェ。貴女だけに非があった
わけではなかったのね」

　クリスタ姉様に意図が伝わったのならそれでよかった。

「でもアンジェ。そういう、品のない挑発は無視してしまいなさい。無言で睨んでくる
人なんて、冷笑を返す程度でいいのよ。アンジェが無駄に時間を割く必要はないわ」

「そう、なんですか？」

　売られた喧嘩は買うのが、前世から引き継がれた掟の一つだった。

　しかし、クリスタ姉様から告げられたのは、喧嘩を買わずに無視しろということだった。

「ですが姉様。それだと余計に舐められるかもしれません」

「いいのよ。無駄に波風を立てないためだから」

「……そう、ですか。わかりました」

　言っていることは理解できる。ただ、クリスタ姉様の保守的な考えは私には合わなかっ
た。

（なんだかな……それだとまるで、私が睨みにビビって、しっぽ巻いて逃げたみたいにな

るんだよな。……売られた喧嘩を買わない理由はねぇのに）

腑に落ちないまま返事をすれば、クリスタ姉様は優しい眼差しを私に向けた。

「とにかく今日はお疲れ様、アンジェ。よく頑張ったわね」

「ありがとうございます」

「これから社交シーズンが始まって、色々なパーティーに参加するけれど……お淑やかにね？」

「が、頑張ります」

クリスタ姉様の鋭い視線に、私は頬を引きつらせながら頷いた。

「基本的には今日のようにすればいいから。……そうね、社交シーズンを無事にのりきることができたら」

「できたら……？」

「屋敷の中で着用してもいい、スラックスをあげるわ」

「本当ですか⁉」

想像以上の好条件に、思わず身を乗り出して聞き返してしまった。

スラックスとは前世でいうズボンのことだが、この世界において淑女がスラックスを穿くことは良しとされていない。乗馬服のような様式の定まった服であれば問題ないのだが、日常生活においてはドレスを着ることが当たり前とされている。本来であれば、屋敷の中であっても着用は控(ひか)えるべきなのだが、それをクリスタ姉様は許してくれると言う。

信じがたい言葉に動揺(どうよう)していると、クリスタ姉様は私の興奮を抑(おさ)えるように告げた。

「アンジェ、危ないわ。しっかりと座りなさい」

「あ……すみません。ちなみに姉様、スラックスは新しい乗馬服とは違(ちが)うものですか？」

「ええ、別物よ」

望んでいた答えが返ってくると、私は真剣な眼差しをクリスタ姉様に向けて背筋を伸ばした。

「全身全霊(ぜんしんぜんれい)で挑(いど)みます。ボロが出ないよう、淑女になります」

「その意気よ。頑張って」

念願のスラックスが手に入ると言われては、姉様の期待に応えるしかない。先程(さきほど)までのもやもやは既(すで)に脳内にはなく、浮かぶのは屋敷でスラックスを穿ける生活だった。

（ひらひらのドレスを着なくていい日々、最高だろうなぁ……！）

私はようやく、作り笑顔(えがお)から解放されて、心からの笑みを浮かべることができた。

（よし。スラックスのためにも、次は睨まれても絶対睨み返さない。喧嘩を売られてもひとまず無視だ）

それにしても、食事中に思い切り私を睨んできた男のことは気になる。

（まぁ、今回は姉様が隣にいたから見逃(みのが)してやったようなもんだ。……あいつ、命拾いし

たな）

心の中でふっと笑みをこぼしながら、睨んできた男の顔を思い浮かべるのだった。

王家主催のパーティーから二日後、本格的な社交シーズンがやってきた。毎日どこかで開催されるパーティーに、私はクリスタ姉様と参加していた。

社交界デビューを果たしたからには、ありとあらゆるパーティーやお茶会に参加をして顔を売らないといけない。デビューだけで終わりではない上に、毎日コルセットをつけて、作り笑顔でパーティーに参加しないといけないのは、なかなかにキツイ。体力には自信があったけれど、慣れないことが続いた私の体は疲労がたまっていた。

しんどいと感じる私に比べて、馬車の向かい側に座るクリスタ姉様はいつもと変わらない健康体のように見えた。

（……やっぱり姉様は凄いな）

クリスタ姉様は私と比べて喋ることも多く、人気者なだけに大変な立ち回りのはずなのに、静かに微笑む姿からは一切疲労を感じさせなかった。

「こんなにも忙しいのは、社交シーズンの今だけよ。お疲れ様アンジェ。今日で最後だから、もう少しだけ頑張って」

「頑張ります」

これまでのパーティーではボロを出さずに、お淑やかに振る舞ってきた。残すは最終日のみ。それさえ乗り切れば、念願の部屋着用のスラックスが手に入るのだ。

「最終日だからと言って気を抜かずに。上品によ」

「はい、姉様」

任せろと言わんばかりに力強く頷いた。

少し経つと、最終日のパーティー会場に到着した。

社交界デビュー以降知り合いができた私はクリスタ姉様とは離れて、一人で各所に挨拶をしに回っていた。私も気合いを入れて、令嬢達との交流を図る。

「アンジェリカ様のご趣味は何かしら？」

「乗馬です。晴れた日によく乗っていて」

「まぁ。私も乗馬を嗜んでいるんです。走るのは気持ちがいいですよね」

「そうなんですよ！　走るのがマジ最高で――」

「ま、まじ……？」

（やべぇ、やらかした）

空気が凍ったのがわかった私は、すぐにごまかすように笑った。

「ま、まぁ、じっくり走れるのが最高ですよね。おほほ」

「そ、そうですわね」

強引に話を修正して、不穏な空気をどうにか消すと、話は元に戻った。

「よろしかったらアンジェリカ様と、今度ご一緒したいですわ」

お誘いいただくのは嬉しいのだが、きっと、私と彼女ではイメージするものが違う。

私が言う乗馬とは、かっ飛ばして駆け抜ける乗馬のことなので、ゆったりと走っている乗馬とはだいぶ異なる。

それでも実現したらしたで楽しそうなので、笑顔で受け取っておく。

「ありがとうございます。是非ともご一緒しましょう」

本気でそう思っていても。社交辞令になってしまうのが少し残念なところだ。

令嬢達との会話を終えると、クリスタ姉様を捜そうと周囲を見回し始める。

すると、一人の男性が視界に入った。

（あいつは……!!　この前のガン飛ばし野郎！）

忘れもしない。あの銀髪とガタイの良さに加えて、暗めの紫色をした鋭い目。私はあの目に睨まれた。そう思っていると、男は再び私に鋭く強い視線を投げてきた。

（また睨んでくんのかよ）

一瞬、睨み返してやるという気持ちが生まれた。

しかし、クリスタ姉様の「品のない挑発は無視してしまいなさい」という言葉が頭を過ったので、私は男から視線を外した。

（無視だ、無視。ああいう変な奴の喧嘩は買う意味ない。今日が社交シーズン最終日で、問題を起こさなきゃスラックスがもらえるんだ。今は我慢だ）

クリスタ姉様と約束したご褒美のために、相手にしないでその場を離れることにした。

（そういや、今日はまだ何も食ってないな）

食事こそパーティーの醍醐味なので、私は料理が並ぶ場所に移動した。

王家のパーティーほど豪勢な料理ではないが、美味しそうな物がずらりと並んでいた。

何を食べようかと吟味していると、料理の向こうにガン飛ばし野郎がいるのが見えた。

「！」

まさか奴が料理を見に来ているとは思わなかったので、驚きの声が漏れそうになった。

（……びっくりした。あいつも何か食べに来たのかよ）

ちらりと視線を男に向けてみれば、鋭い目は私をじっと見ていた。

（嘘だろ……また私を睨んでる）

一度男の傍を離れて、喧嘩を買わないという意思表示をしたというのに、なぜか睨まれ続けていた。

居心地の悪さを感じていると、周囲の貴族子息から気になる話が聞こえた。

「なぁ、あそこにいるの、アーヴィング公爵様じゃないか？」

「あの銀髪……間違いないな」

子息達の視線の先には、先程からずっと私を睨んでいる男の姿があった。

（……おいおい、マジかよ）

男の正体が公爵だと知った瞬間、私の背筋は凍り付いてしまった。

「な、なぁ、アーヴィング公爵様、俺達のこと睨んでないか？」

「そんなはず……いや、こっち睨んでるな」

（そうなんだよ、こっち見てんだよ）

怯え始めた子息達の話に、集中して耳を傾けた。

「やっぱりあの噂は本当なんじゃ」

「あぁ、あれだろ？　冷酷で部下を構わず切り捨て、泣く子も黙る騎士団長ってやつだろ？」

「そう、それ」

なんだその悪の親玉みたいな恐ろしい噂は。

公爵という肩書きでさえ理解が追い付いていないのに、そんな凄い噂を持つ相手であることに冷や汗が止まらなくなってしまった。

「お、おい。こっち来てないか？」

子息達の声に反応して男――アーヴィング公爵様を見ると、確かにこちらに向かって近付いて来ていた。

(これはまずいだろ)

直感的に判断した私は、子息達を壁にして隠れて、そそくさとその場を立ち去った。

美味しい物を食べたかったが、今はそれどころではなくなってしまった。

(……もしかして私、よくない相手に睨み返したんじゃ)

いや、でも今日はまだ睨み返していない。

公爵様に目をつけられたと考えるのは早計だと、焦る気持ちを落ち着かせた。

(まさかな！　気にし過ぎだよな！　さっきのだって私じゃなくて子息達を睨んでたのかもしれないし――)

自分は関係ないとガラス扉を見れば、後ろから公爵様が近付いて来るのが見えた。

(な、なんで追いかけてくるんだ！)

さすがに無関係と考えるには偶然が重なり過ぎていたのと、心なしか距離が詰まっているように見えて恐怖を感じた。

(こういう時こそ、ビビらずに喧嘩を買いてぇところだが……相手が公爵様なら話は別だ)

レリオーズ侯爵家の一員である以上、問題を起こすのは憚られる。それに相手は泣く子も黙る騎士団長。今はただの令嬢でしかない私が、真っ向から喧嘩をして勝てる相手ではなかった。

(ここは一旦相手を撒いて、立て直さねぇと……!!)

公爵様との距離を離すために、歩く速度を速めて人ごみの中に突っ込んでいった。

(よし、ここに紛れて一旦外に出よう！　そうすれば撒けるだろ)

算段を立てると、貴族達の中に紛れ込んで、公爵様の視界から外れるように努めた。少し経つと、会場内にある扉の一つをそっと開けて外に出た。

「……これで大丈夫だろ」

ふうっと一息つきながら、扉付近の壁に寄りかかる。

空を見上げれば綺麗な星々がよく見え、三日月も目に入った。心地よい風を感じながら眺めていると、すぐ傍から扉の開く音がした。

「!!」

姿を現したのは、アーヴィング公爵様だった。完全に撒けたと思っていた私は、自分が油断したことに気が付く。

(嘘だろ……！　なんで外だってわかったんだよ)

焦りが増していく中で、こちらに顔を向けた公爵様とガッツリ目が合う。

相変わらず物凄く鋭い視線を向けてきたが、睨み返してはいけないことだけは本能的にわかっていたので、私はとっさに微笑みを浮かべた。

それが正しい反応だったのか、公爵様は一瞬怯んだように見えた。その隙を見逃さなかった私は、足に力を入れて思い切り走り始めた。

（ほとんど誰も見てない外なら大丈夫だろ！）

クリスタ姉様に再三、淑女たるもの走ってはいけないと言われてきたのだが、今だけは許してほしかった。早歩きなどでは離れられないので、全速力で走る。すると、数秒後に後ろから私に近付く足音が聞こえ始めた。

（おいおい、貴族が走っていいのかよ……！）

人のことを言えた義理ではないが、思わずそう声に出してしまいたくなるほど、私は追い詰められていた。

（くそっ、行き止まりかよ！）

逃げ道が無くなってしまい、もはやどうすることもできなかった。案の定、すぐさま距離は縮められてしまって、逃げ続けようにもできない状況だった。

壁際に追いやられると、公爵様と対峙することになってしまった。

公爵様は私を睨みながら、静かに距離を詰めてきた。

（仕方ねぇ……こうなったら）

　私は意を決して、何事もなかったかのように振る舞うことにした。

「失礼しました。もしや私に何か御用でしたか？　自分のことだとは思わなかったですわ。おほほ」

　無理だとわかっていても、走ったことをごまかしたかった。

　相手は公爵様で、自分よりも立場が上の人間。いつも以上に品よくお淑やかに振る舞わなければという思考に引っ張られて、おかしな口調になってしまった気がする。

　睨み返すことはできないので、威圧するつもりで、彼の目を見続けることにした。無理やり笑顔を作ってみれば、公爵様はふっと不敵な笑みをこぼした。

「いい度胸してますね」

（……それはどういう意味だよ）

　睨むだけにとどまらず、この言葉は完全に喧嘩を売っているようにしか思えなかった。

　頬が苛立ちで引きつりそうになるのを抑えながら、顔に出さないように努めた。

「私の方こそ失礼しました。実は、よく目が合うのでお名前をお聞きしたくて」

　よく目が合うだと？　睨んで喧嘩を売ってきている公爵様の言葉に不快感を覚えるものの、名前を教えた。

「そうでしたか。私はアンジェリカ・レリオーズと申します」

「……レリオーズ嬢。ギデオン・アーヴィングです」

なるほど、泣く子も黙る騎士団長のお名前はギデオンというみたいだ。

睨み返すよう煽られている可能性まで考えるほどの睨みっぷりだけど、その挑発には決して乗らない。

さぁ何を言い出すんだと待っていれば、公爵様は突然目を逸らした。

「またお会いしましょう」

そう一言言い残すと、公爵様は足早にその場を去っていった。

(……な、何だったんだ?)

公爵様の行動理由が理解できず、私はひたすら困惑するのだった。


困惑は帰りの馬車の中でも続いていた。

(冷酷と有名な公爵様が、ただ名前を聞きたかったたっていう理由であそこまで追いかけてこないだろ？　ってなるとやっぱり社交界デビューの時にガン飛ばしたことで怒らせたっていうのはあり得るよな。……で、でも、最初に睨んできたのは公爵の方だ……私は悪くない……はず)

一人で首を傾げていると、クリスタ姉様が切り出した。

「アンジェ。今日のパーティーだけど」

「は、はい」

もしかして走った姿を見られたのではないかと、嫌な予感が過る。背筋を伸ばして、動揺を隠しながらクリスタ姉様を見る。

「もう言うことはないわね。上手く令嬢方に溶け込めていたんじゃないかしら」

「ほ、本当ですか！」

ほっと安堵しつつ、褒められるとは思いもしなかったので嬉しくなってしまった。

「ええ、本当よ。今日のアンジェは自然とお淑やかに振る舞えていたと思うわ」

「あ、ありがとうございます姉様！　実は共通の趣味を持つ方と話すことができて、話が弾んだんです。口約束ではありますが、今度一緒に乗馬しようという話もしました」

クリスタ姉様に褒められたのが嬉しくなって、詳細を語った。

「いいご友人を見つけられたのね。それは良かった」

まだ友人と言えるほど、親しくはないんですけどね。

そう内心で突っ込むものの、評価してくれたことで口角が上がりっぱなしだった。

「そう言えば、今日はアーヴィング公爵様も参加されていたわね」

「姉様、お知り合いですか？」

今日私を追ってきた、以前私が睨み返してしまった相手であるアーヴィング公爵様。彼に関する話は聞いておきたかった。食い気味に尋ねると、クリスタ姉様は首を横に振った。

「知り合いと呼べるほど交流はないわ。お互い、名前を知っている程度でしょうね」

「そうなんですね」

「ええ。アーヴィング家は我がオブタリア王国三大公爵家の一つよ。アーヴィング公爵家当主を継がれたギデオン様は、若くして才覚を発揮している優秀なお方と言われているわ」

　クリスタ姉様の説明を受けて、冷酷な公爵という話を思い出した。

「姉様……実は、その、アーヴィング公爵様に関するよくない話を聞いたのですが」

「あぁ。部下を容赦なく切り捨て、泣く子も黙る恐ろしい騎士団長、という話ね。……まあ、噂は噂よと言えればよかったのだけど」

「だけど……⁉」

　意味深な言い方をするクリスタ姉様に、私は嫌な汗が流れ始めた。

「噂っていうのは基本、違うものならすぐに本人が訂正するのが社交界の暗黙のルール。けれども公爵様の噂は、もう何年も囁かれ続けているのよ。他の噂も耳にするくらい」

「他の噂……ですか？」

　自分が睨み返してしまった相手が、そんなにやばい噂を持っているのかと不安を抱き始めていた。

「ええ。例えば極度の女性嫌い、とかね。色々な噂があっても、公爵という肩書きに魅力を感じて婚約を申し込む令嬢は多いの。恐らく何件も申し込みがあったと思うのだけど、未だに婚約者がいないのよね」

「だから女性嫌い……なるほど」

（確かにあの睨み方ならわからなくもないけど……でも、それなら女性である私をあそこまで追いかけるか？）

　クリスタ姉様の話に相槌を打ったものの、納得まではできなかった。

「とにかく。今後もパーティーでご一緒するかもしれないから、失礼のないようにね」

「……肝に銘じます」

　もう失礼なことをしたとは、とても言える空気ではない。

　なぜか追いかけられたので全速力で走って逃げました、だなんて……絶対に言えない。

（向こうから仕掛けてきたから、ワンチャンセーフか？　いや、セーフだろ。……頼むセーフであってくれ!!）

　内心ではとんでもないくらい動揺していたが、淑女教育で鍛えた笑顔をどうにか貼り付けていた。

「……アンジェ。もしかして、もう何かあったわけではないわよね？」

（うっ！　さすが姉様、鋭すぎる）

　その作られた顔に気が付くのがクリスタ姉様だ。私はどうにか平静を装った。

「まさか。今日はなぜか話しかけられたので、ご挨拶をしたまでです。……話しかけられた理由は私にもわかりません」

「そんなことがあったの？　そう、でもしっかりと挨拶をしたのね、それはよかったわ」

実は何もよくないんです姉様。その公爵様相手に、かなりやらかしてしまいました。なんて正直に言うこともできず。

挨拶をしたのは本当のことで、お互い名を名乗ったくらいだ。わからないのは話しかけられたことより、睨まれたことだった。

クリスタ姉様の追及をひとまず逃れると、内心で深くため息を吐いた。

（はぁぁぁぁ……バレてないよな？　公爵様から逃げた件は絶対知られちゃ駄目だ！　問題を起こしたとバレたら、スラックスが無くなる……!!）

気乗りしない社交活動を頑張れたのは、ご馳走に加えてスラックスというご褒美があったからだった。今日の一件に関しては、クリスタ姉様と公爵様が話すことがない限り、隠し通せると踏んだ。

相手は公爵。きっと多忙な方だ。再び会うことはあっても、話すことはないだろうと思いたかったが、「またお会いしましょう」というアーヴィング公爵様の言葉が、私の頭の中に残り続けていた。

「ギデオン、よく来たな。パーティーは楽しんでいるか？　……って、相変わらず怖い顔して考え事か？」

「殿下。いつも通りの顔です」

すまん、と微塵も思っていない謝罪の言葉を第一王子のヒューバート殿下に言われた。

俺は生まれつき目付きが悪かった。

どうやら自分の顔は人を怖がらせるようで、よく人から恐れられてきた。

新しく使用人を雇えば、俺を恐れて自ら辞表を出して去っていき、令嬢達は寄り付かない始末。そのため見合いも上手くいったことはない。婚約を申し込まれて相手と会っても、この顔が怖がらせてしまうようで、話すことなく終わってしまうのだ。

いつの間にかアーヴィング公爵は冷酷な公爵だという噂を広められて、俺にはどうすることもできなくなっていた。

（……火消しの仕方もわからない）

誰かと話したくても基本的にこの顔のせいで避けられてしまう。おまけに公爵となると、余計に近寄りがたいのだろう。遠巻きにされることもあって、社交界は基本的に苦手だった。

　今回の王家主催のパーティーも同じだ。デビュタントがメインならば、俺が顔を出す必要はないのに、親しくしている第一王子であるヒューバート殿下が顔を見せろとうるさいので、参加せざるを得なかった。

　殿下への挨拶だけ済ませてすぐに帰ろうと急いでいると、美しい赤い髪が視界に入った。視線で追うと、赤髪の令嬢は嬉しそうに食事を始めた。

（随分と多い量の食事だな）

　なんとなく気になって見続けていれば、令嬢と目が合った。

（しまった）

　きっといつものように怖がらせてしまい目を逸らされるのだろう。勝手に落ち込もうとしたが、赤髪の令嬢は違った。こちらを真っすぐに見つめ返してくれたのだ。

……誰かに真っすぐ見られるのはいつ以来だろうか。

　その視線が純粋に嬉しくて、目に力が入ってしまう。恐れている様子など一切なく、じっとこちらを見つめる眼差しは、新鮮で温かいものだった。

　隣にいた令嬢に話しかけられるとすぐに目を逸らされてしまったが、一度だけでも見つめ返してくれただけで十分だった。

　その後、殿下に呼ばれてホールを後にすることになった。

まだ彼女のことを見ていたいという名残惜しさはあったものの、これ以上は相手の邪魔にもなるだろうと切り替えて殿下について行った。

個室に到着すると、向かい合わせで座る。

「ギデオン。社交界に顔を出すのは久しぶりだろう」

「そうですね」

ふっと微笑む殿下だが、すぐに表情が重くなった。

「……ギデオン。お前、婚約者として想定している相手はいるか？」

「想定している相手ですか。……そう尋ねられる理由をお聞きしても？」

「あぁ。隣国……ベルーナ国からの申し出でな。友好のためにも姫をこちらに輿入れさせたいという話だ。ただ、俺には既に婚約者がいるし、弟にもいる。双方側妃を持つつもりはないんだ」

「それで私、ということですか」

「あぁ……」

隣国の中でもベルーナは小国で、我が国オブタリア王国とは国力の差が歴然だった。軍事力も経済力も圧倒的にこちらが上であるため、さらなる友好関係を築きたいというのが向こうの考えのようだ。

「ただ。これはあくまでも提案に過ぎないし、うちは断れる立場だ。だからギデオンに好ましい相手がいるのか聞きたかったんだが、どうだ？」

俺に婚約者がいないことは殿下も知っていることだったので、俺はすぐに問題ないと頷こうとした。

「好ましい、相手……」

その瞬間、赤髪の彼女の姿が思い出された。名前も知らない、彼女のことが。

「なんだ、いるのか？」

俺が言葉に詰まったことに反応した殿下は、バッと身を乗り出した。

「あっ、いや」

「今の間は何かあるだろう？」

物凄い目力で尋ねてくる殿下。ここにも俺の目を気にしない人がいるが、この人は気にしなさすぎだと思う。

「何も……ない、わけではないのですが」

「ギデオン……！　ついにお前にもいい相手が見つかったんだな」

「殿下、早とちりしないでください。まだ名前も知らない相手なのに」

「なんだそれは！　一目ぼれか？　ロマンチックだな」

興奮が抑えられない殿下に動揺が生まれる。

一目ぼれ。聞いたことのある言葉だが、自分に当てはまるかどうかはわからなかった。

「一目ぼれ、があまりよくわからないのですが」

「一目ぼれは恋(こい)の始まりだよ。その女性を一目見た時に、この人が運命の人だ！　と直感的に感じることでもある。……そうだな、ギデオンが令嬢を見つけた時にいい方向に心が動かされたのなら一目ぼれと言えるんじゃないか？」

「心を……」

　思い返してみれば、確かに心は動いていた。

　目が合った時の高揚(こうよう)感、彼女から目を離したくないという気持ちが生まれた。加えて見つめていたかったという名残惜しさが、今でも強く残っている。

（これが恋……なのか？）

　初めて抱く感情に少し困惑するものの、悪い気は一切しなかった。それどころか、胸の中が少しだけ満たされた気がした。

「まだ自分でもよくわかっていないのですが……」

「それでもいい。気になる相手がいるんだな？　それならこの話は断る」

「……はい」

「よし。……それにしてもギデオンが遂(つい)に異性に興味を抱くとは」

　殿下は自分の事のように喜んでくれた。

「だが、名前も知らない相手となると大変だな。今すぐ戻ったところでもうパーティーはお開きだからな」

そうか、会場に戻ってももう彼女と会えることはないのか。

もうこれで最後になってしまうとなると、それは嫌だった。もう一度会いたい、そう強い気持ちが湧き上がってくる。

「見つけます。……見つけ出して、今度こそ声をかけたいです」

初めて芽生えた感情が恋なのかどうか確かめるためにも、もう一度彼女に会って話したかった。

「……頑張れ、ギデオン。応援してるぞ」

「ありがとうございます」

殿下の応援を受け取り、俺も屋敷へと戻るのだった。


翌日、俺は珍しく連日社交場に顔を出していた。

王家以外が主催するパーティーには、周囲に怖がられることもあって滅多に参加しないのだが、今回は別だ。

どうしても、もう一度彼女に会いたくてパーティーに参加して見つけることにした。

残念なことに、簡単には彼女は見つからなかった。連日意味もなくパーティーに参加するだけとなり、心なしか周囲の視線も痛かった。

社交シーズン最終日、もうこれでだめなら諦めるしかないと思って会場に入れば、ようやく彼女を見つけることができた。

……いた。あの赤髪は彼女だ。

見つけられて嬉しくなると、彼女のことをじっと見つめてしまう。

（……また目が合った）

どこかで、目が合ったのは気のせいかもしれないと思ってしまう自分がいたので、もう一度目が合ったのは非常に嬉しいことだった。しかし、彼女は目を逸らしてその場を離れてしまった。

（……駄目だ、行かないでくれ）

名前が知りたい、その一心で俺は急いで彼女に近付いた。

しかし残念なことに、彼女はすぐに移動を始めてしまって、その場にとどまることはなかった。動き続ける彼女に追い付こうと後を追った。途中、人ごみに紛れてしまったが、彼女の赤髪が目印のように輝いていて、見失うことはなかった。

（外……もしかして体調が悪いのか？）

一抹の不安を抱きながら後を追うと、扉を開けたところで彼女と目が合った。

「――!!」

見つめられることさえあり得ないと思っていたのに、まさか微笑まれるとは思いもしなかったので、不意打ち過ぎる笑みに思考が停止してしまった。

（可愛い……）

無意識にそう感じていた。初めて抱く感情を不思議に思っている内に、彼女はその場から走り去ってしまった。慌てて追いかけたが、すぐに追いつくことはできなかった。無我夢中で彼女の後を追うと、ようやく対面することができた。

怖がらせたが故に走って逃げたのだろうかという不安は、彼女の言葉で消え去った。

「失礼しました。もしや私に何か御用でしたか？　自分のことだとは思わなかったですわ。おほほ」

（良かった。俺が怖がらせたわけじゃないんだな）

どうして走っていたのか理由はわからずじまいだったが、彼女を前に緊張が増して頭が真っ白になってしまった。

動揺していると、彼女はじっと自分のことを見つめ続けてくれた。

なんて綺麗な瞳だろう。

身内や親しい人物以外で、こんな至近距離で自分のことを見つめてくれる人は今までいなかった。

次は自分が話す番だと感じていても、何を口にしていいかわからなかった。何年も女性とまともに会話をしたことがなかったので、どう言葉にしていいかわからなかった。

「(俺を見つめるなんて)いい度胸してますね」

俺を見てくれる人なんて滅多にいなかったので、見つめ返してくれたことに敬意を示したかった。褒め言葉として適しているかはわからないが、とっさに出た言葉だった。

一度声を出した流れに乗りながら、どうにか名前を聞き出せた。

「……またお会いしましょう」

そう伝えると、俺は逃げるようにその場を後にした。

(アンジェリカ・レリオーズ侯爵令嬢)

名前を知れたことは、俺にとって大きな収穫だった。

彼女から離れたというのに、鼓動は速く緊張は解けなかった。

(レリオーズ嬢……全く話せなかったな)

今日が社交シーズン最終日なので、パーティーで会うことはできなくなってしまう。次はいつ会えるのかわからない状況が、たまらなく嫌だった。

(早くもう一度会いたい。それで、今度こそはたくさん話したいな)

どうすればこの願いが叶うだろうかと頭を悩ませた結果、彼女――レリオーズ嬢に誘いの手紙を書くことにした。

# 第二章　公爵様からの果たし状

社交シーズンを終えた翌日。

私は自室で、うきうきしながら鏡の前に立っていた。

「やっぱりスラックスは最高だよな」

ボロを出すことなくパーティーを終えることができたので、クリスタ姉様が約束通りスラックスをプレゼントしてくれた。穿き心地はとてもよく、何よりも嬉しいのは動きやすいということだった。

今後もパーティーと来客がある時には必ずドレスを着用することを約束した上で、家でゆっくり過ごす分には穿いて構わないことになった。

「パーティーか……あれで終わりじゃねぇんだよな」

はぁっとため息を吐く。

社交界は自分の性に合わないと予想していたが、その通りだった。

(楽しかったのは、王家主催のパーティーのご馳走ぐらいだな)

振り返ってみても、いい思い出はあまり浮かばない。

鏡の中にいるスラックスを着用した自分を見て、本当の自分はこっちだと感じてしまった。

（着るものや行動を制限される自由のない貴族より……何にも縛られない平民の方が、私の性に合う）

ここまで淑女教育で、令嬢として恥ずかしくないようにと育ててくれたクリスタ姉様には申し訳ないが、私はこのまま貴族社会で暮らしたいとは思えなくなっていた。社交界デビュー後、社交活動を重ねる中で、パーティーに参加する日々は苦痛とも言えるものだった。

（私は……レリオーズ侯爵家を出て、自由に暮らしたい）

ドレスを着ることもなく、お淑やかな振る舞いと行動を強制されることのない自由な生活。前世のように、何にも縛られることのない日常が、私の望むものだった。

家を出るだなんて両親が聞いたら卒倒しそうな話だが、私の意志は固い。

（けどな……家を出るにしても、どうすればいいんだ？）

腕を組みながら考え込んでいると、退出していた専属侍女の一人が戻ってきた。

「いかがですかお嬢様、クリスタお嬢様からいただいたスラックスは」

「凄く良い感じだ。毎日これを穿きたいくらいだよ」

「それはよかったですね。よくお似合いです」

専属侍女の中でも最年長のドーラは、私が五歳の頃から仕えてくれているので、最も長い付き合いになる。信頼できる侍女だ。

「お嬢様。先程お嬢様宛てのお手紙が届きました」

「手紙？」

私に文通する相手などいないので、心当たりはない。

「恐らくはパーティーでご一緒されたご令嬢からの、招待状ではないでしょうか」

「あぁ！」

そう言われて思い出したのは、令嬢達との会話だった。

（そういえば、今度一緒に乗馬しましょうってパーティーで誘われたんだった）

てっきり口約束だけで、実現しないと思っていた。律儀にも招待状をくれた令嬢に感心しながら、ドーラから手紙を受け取る。早速封を切って便箋を取り出して読み始めた。そこには丁寧な文体でお誘いが綴られていた。

（なになに……〝アンジェリカ・レリオーズ様。先日のパーティーでお会いしたあの時が、忘れられない時間になりました。またお会いしたいと思っております。よろしければ〇日〇時に王都の噴水前にいらしてください〟……なんだこれ）

パーティーやお茶会の招待状とはかけ離れた文言に、思わず首を傾げてしまう。

（もしかしていたずらか？　一体誰なんだ、変な手紙を送り付けた奴は――え？）

便箋の最後の行に記された名前を見て、私は目を疑った。

（ギデオン・アーヴィング⁉）

それは先日のガン飛ばし野郎であり、公爵である人の名前だった。

（な、なんで公爵様から手紙がきたんだ……⁉　もしかして、本当にあの睨み合いだけで、喧嘩を買った認定されちゃったのかよ！）

睨み返してしまったのが失敗だったかと思いながら、もう一度文面を読み返した。

時間と場所の指定。思い当たるものは一つしかなかった。

（これ、公爵様からの果たし状ってことだよな……⁉）

やはり睨み返してしまったばかりに、公爵様は私が喧嘩を買ったと判断したのだろう。

喧嘩は買わないと、最終日は意識していたというのに、社交界デビューでの一回が公爵様を刺激してしまったようだ。

送り主が冷酷と有名な公爵様だということを考えていると、嫌な予感が過った。

（……待てよ？　もし仮にこの先平民として過ごすとして、貴族に……それも公爵様に目を付けられてるって、だいぶまずくないか⁉）

現状が整理できないまま、私の中では不安と焦りが生まれ始めた。

（ああ！　どうしたらいいかわからねぇけど、悩んだって仕方ねぇ！　目を付けられた以上、相手の腹はよくわかんないけど、果たし状を送って来たってことは、公爵様は本気だ。こうなったら、正々堂々受けて立ってやる!!)

ぐっと手紙を持つ手に力が入ると、様子を窺っていたドーラに声をかけられた。

「お嬢様、お返事はどうなさいますか?」

「するから準備してくれ!」

「わかりました。それでは書くものを持ってまいります」

気合いの入った声で返答すると、なぜかドーラは嬉しそうに頷いて退出した。

(この話、口が裂けても姉様には言えないな……)

問題を起こしたことがクリスタ姉様に伝われば、このスラックスは没収されるだろう。加えて、さらにスパルタな淑女教育が始まる未来しか見えない。厄介なことになるのは間違いなかったので、内密に済ませることにした。

(家を出ようとか言ってたけど、あれは一旦なしだ! 自分のケツは自分で拭かねぇと!)

レリオーズ侯爵家に自分が買った喧嘩を残したまま、去ることはできない。そう判断すると、デスクの前に移動して座った。

どんな果たし合いでも絶対に負けてはいけない。動きをシミュレーションしていると、ドーラが筆とインクを手に戻ってきた。

「こちらが便箋です。それと——」

「ありがとう」

便箋を受け取ると、早速果たし状への返事を書き始めた。

（やっぱりここは、受けて立つ！　がいいよな）

余分な言葉は必要ないだろうと思っていると、ドーラがそっと本を差し出した。

「……なんだこれ」

「招待状のお返事の書き方です。先程廊下でクリスタルお嬢様にお会いしまして」

「ね、姉様に」

バッと顔を上げれば、ドーラはゆっくりと頷いた。

「はい。伝言を預かっております。〝アンジェ、お返事もお淑やかによ？〟とのことです」

ドーラから聞いた姉様の言葉に、ごくりと唾を飲み込んだ。

そして再び、返事を書いていた便箋に視線を向ける。

（……うん、これは駄目だ）

すぐさま書き直すことを決めると、私はドーラに予備の便箋をもらうのだった。


三日後の朝。

いつもより早く目が覚めた私は、起き上がるとトレーニングを始めた。腹筋・背筋・腕立て伏せとメニューをこなしていく。

（今日は果たし合いだ……上手く立ち回れるようにしねぇと）

相手がどのような形で勝負を挑んでくるかわからないので、俊敏に動けるように体をほぐしていった。

（それにしてもこの体、全然筋肉つかないんだよな）

トレーニングは幼い頃からしていたのだが、体質のせいなのか、筋肉がしっかりつくことはなかった。せいぜい体が丈夫になったくらいで、強そうな体には見えないのが難点だ。

「あとは圧だな……舐められないようにしねぇと」

鏡を前に、睨んだり威嚇をしたりして表情の確認を始めた。

午前中のほとんどを果たし合いに備えるために費やした。昼食を終えて食堂から部屋に戻ると、待ってましたと言わんばかりに三人の専属侍女が気合いの入った目で私を見た。

「ど、どうしたんだ」

にっこりとドーラが口角を上げる。

「本日はご友人とお出かけになると聞きました。ということで、ドレスに着替えていただきます」

果たし合いに行くとは言えなかったので、パーティーで知り合った友人と王都で食事をすると嘘を吐いた。招待状という名の果たし状自体はドーラも目にしているので、特に詮索されることはなかった。しかし、問題なのは今日の装いだった。

「それは――」

「クリスタルお嬢様とのお約束、ですよね」

「うっ」

（果たし合いの相手は、泣く子も黙る冷酷な公爵だ……武力行使の決闘になった時に、動きやすい格好をと思ったんだが）

今着用しているスラックスのまま向かおうと思ったのだが、要望は通らなかった。ましてや令嬢と食事に行くと思っている侍女達からすれば、ドレス以外は認められない様子だった。

「さぁ、お嬢様。準備をしましょう」

「ま、待てドーラ！　出発まであと四時間もあるんだぞ？　まだ大丈夫じゃ」

「いいえ、足りないくらいです」

ドーラが首を横に振ると、私は両脇を専属侍女のレベッカとミーシャに摑まれた。

「お嬢様を世界で一番美しくするのが私達の仕事ですので」

眼鏡を光らせてキッパリと宣言したのがレベッカ。彼女との付き合いも長く、私が十三歳の時から仕えてくれているので、五年の仲になる。

「お任せくださいね」

優しい声でがっちり片側の腕を掴んだのがミーシャだ。専属侍女の中では最年少で、今年で二十一歳になる。ミーシャは商家の娘で、行儀見習いとして我が家にやって来た。そして見習い期間を終えた後に、そのままレリオーズ侯爵家に就職して私の侍女をしている。彼女とは、三年以上の付き合いだ。

侍女は三人とも年上であり、連携が上手いので基本的に私が負けることが多い。長い付き合いだからか、私が多少令嬢らしくない口調でも何も珍しがることなく、むしろ「それがお嬢様ですから」と言って容認している。クリスタ姉様も崩れた言葉遣いは屋敷の中だけねと黙認してくれていた。

「お嬢様。本日はどのドレスをお召しになりますか?」

ドレス以外は認めないと言わんばかりに、ドーラからは圧を感じた。

有無を言わせないという状況を作られてしまい、結局私はドレスに着替えることになった。

唯一要望が通ったのは、パーティーではないので華やかすぎず動きやすいドレスがいいということだけだったが、ひとまずそれで妥協することにした。

ドレスが決まると、私はあっという間に、着替えさせられ、顔と髪を整えられた。

嵐のような侍女達だ。

三時間もの時間をかけて身支度を済ませると、鏡の前でドレス姿を確認するフリをしながらどこまで動けるのかやってみた。

（拳は出せるんだけど、蹴りがな……最悪、ドレスが破れる覚悟でいくか）

公爵様が仕掛けてくる勝負の方法には、恐らくタイマンも含まれる。もしそうなった時にある程度戦えるようにしたかった。

「お嬢様、そろそろ出発のお時間ですよ」

夢中になって動きを確認していたが、ドーラの声で我に返った。

「そのドレスがお気に召されたようでなによりです」

侍女達に嬉しそうな反応をされたので、そういうことにしておいた。

馬車に乗り込むと、頬を叩いて気合いを入れようとしたが、寸前で手を止めた。

（ミーシャが時間をかけて化粧をしてくれたんだよな……崩すのはやめよう）

ギュッと拳を作るだけにして、指定された王都の噴水へと向かった。


王都の入り口付近で馬車から降りると、噴水を目指した。

（もういる……‼）

約束した時間の十五分前には着いたが、公爵様はそれ以上に早かった。

（なるほど……それだけ今日の果たし合いに気合いが入ってるということだな）

一人納得したところで、私はゆっくりと距離を詰め始めた。

すると、まだそこまで近付いていない状況で相手に気が付かれてしまった。

「レリオーズ嬢……」

（見つかった！　……にしても相変わらず鋭い目付きだな）

バレてしまったので近付くと、取り敢えず挨拶をすることにした。

「お久しぶりです、公爵様」

「お久しぶりです。本日は誘いを受けてくださり、ありがとうございます」

（誘い、ね。貴族は果たし合いなんて言葉は使わないよな）

対峙したものの、公爵様からは全く敵意を感じなかった。もしかしたら感情を隠すことに長けているのかもしれない。そう思いながら、誘いという名の果たし合いの意図を尋ねた。

「本日は何をされるつもりでしょうか」

一体どのような形で勝負をするのか、そう問いかけたつもりだった。

「今日はご一緒に食事でもと思ったのですが……いかがでしょうか」

「食事、ですか？」

「はい」

それは奇しくも私が侍女達についた嘘に当てはまるものだった。

まさかそんな話をされるとは思ってもいなかった私は、混乱し始める。

（食事の果たし合いってなんだ？　そんな勝負方法があるのか？）

大きな疑問符が頭の上に浮かんだが、もしかしたら貴族にはあるのかもしれないと結論付けた。

（私は社交界デビューしたばかりの令嬢だもんな。粗探しをしようってわけだ。……どこからでもかかってこい）

淑女教育で習ったように、お淑やかな雰囲気を醸し出しながら頷いた。

「もちろんです。よろしくお願いします」

「よかった。では参りましょう」

そう言うと、公爵様はスッと手を差し出した。

（なんだ？　握力勝負か？）

早速勝負を仕掛けてきたのかと思いながら、公爵様を見上げた。彼は自分の手を見つめるだけで、微動だにしなかった。

（受けて立つ）

小さく息を吐くと、私はアーヴィング公爵様の手に自分の手を重ねた。そして公爵様の手がわずかに動いたのを確認すると、私は思い切り力を入れ始めた。

精一杯力を出して手を握っているものの、公爵様はびくともしなかった。

「レリオーズ嬢、その。手繋ぎはまだ早いかと……」

公爵様は握り返すどころか、私の握力を手繋ぎ程度と評価した。それが悔しくなって再び顔を見上げたが、彼の頬はほんのりと赤くなっていた。

(少しは効いたみたいだな……!)

上機嫌で手を離して歩き出せば、公爵様に呼び止められた。

「あっ。エスコートはさせてください」

エスコート。それは以前、クリスタ姉様から聞いた言葉だった。

(確か、手をそっと重ねて案内してもらうやつのことだよな)

思い出したところで、私はそっと公爵様の手に自分の手を重ねた。

「……ありがとうございます。では行きましょう」

「はい。お願いします」

公爵様のエスコートのもと、案内されたのは王都の一角にある大きなレストランだった。

個室に通されると、向かい合って座った。

食事を頼んで待つ間、公爵様が話を始めた。

「今日の装いはとても素敵ですね」

「ありがとうございます。公爵様も、よくお似合いかと」

(褒められたら必ず褒め返さないとな)

クリスタ姉様に教わった淑女教育を思い出しながら、ボロが出ないように話を進める。

「ありがとうございます」

どこからでもかかってこいという気持ちで、公爵様の言葉を待った。

「休日はどこに行かれるんですか」

「……休日、ですか」

てっきり嫌いな食べ物や苦手なことを聞いて、私の弱点を探ってくるかと思ったので拍子抜けした。

(なんで公爵様は急にこんな質問を……そういえば、前世でも決闘相手が私の強さに憧れて話しかけてくることがあったな。もしかして……さっきの握力勝負で私の強さを認めたのか？　ふっ、この会話は、こいつなりの歩み寄りなのかもしれねぇな)

そんなことを考えてみたが、相手は異世界の貴族様だ。力で勝っても、貴族としての威厳や立ち振る舞いの面で舐められるわけにはいかない。何よりもここでボロを出して、クリスタ姉様の耳に届きでもしたら、スラックスが没収されるかもしれない。ここは、しっかりと貴族らしい返答をしなくては。

私がどう答えようか考えていると、痺れを切らしたのか公爵様が自分の話に転換した。

「私は観劇が好きで、劇場によく行くんです。レリオーズ嬢、観劇はお好きですか？」

観劇。

それは社交界デビュー後のパーティーで何度も耳にした言葉だった。これに関してはお決まりの答えがある。

「ええ、嗜む程度ですが」

こうやって令嬢達との会話は乗り切ってきた。

本当は観劇なんてしたことないし、劇場に行ったこともない。しかし、だからと言って興味ないとも答えられないのが、令嬢生活の面倒くさいところだ。

令嬢達は、最新作の劇に関して話すことが多いが、それはまだ見てないで通せば、この話題は乗り切ることができた。今回も同じ手法を使おう、そう思っていると、公爵様はどこか嬉しそうに話を続けた。

「本当ですか。それなら今度、一緒に観劇に行きませんか？」

「か、観劇ですか」

まさか新たな勝負の場に選ばれるとは思ってもみなかったので、私は動揺してしまう。

（か、観劇……くそっ。観劇なんてボロが出る気しかしない……！　まさかこいつ、それが目的か⁉　私の弱みを握ろうって魂胆だな！）

しかし誘われてしまった手前、断るのは逃げると同義。

こうなってしまっては首を横に振ることはできなかった。

「もちろんです。行きましょう、観劇」

「……本当ですか？」

「はい。日程はいつがよろしいでしょうか？」

内心は非常に焦っていたが、少しでも相手に弱みを見せまいと、余裕のあるフリをした。いつでも構わないけど？　という雰囲気を醸し出しながら公爵様に返せば、彼は少し困惑した様子で考え込んだ。

「そう、ですね。……では、一週間後はいかがでしょうか」

「大丈夫です。よろしくお願いします」

引きつりそうになる頬をどうにか笑顔に変えて返答をした。

（一週間……それだけあれば観劇の基礎知識くらいは叩き込めるな）

帰ったらすぐに図書室に行こう。

「当日はお迎えに上がってもよろしいでしょうか」

「お迎え、ですか……」

（いや、屋敷まで来られるのはまずい。公爵様から果たし状をもらったこと、クリスタ姉様にも父様と母様にも言ってないんだ）

バレる前に決着をつけなくてはと思っていたので、公爵様の提案は受け入れがたいものだった。ただ、この迎えがマナーや観劇のルールだとするのなら、下手に断ることもできない。

(待てよ……屋敷の門の前で待っていれば、ギリギリセーフなんじゃないか？)

屋敷の玄関前に馬車を止められれば、レリオーズ家の者に見られる可能性が高い。しかし、門の外側ならその心配もない。

「よろしくお願いします。門の外側でお待ちしておりますね」

さりげなく場所指定をして、公爵様の迎えを受け入れたのだった。

観劇の話題が一段落したところで、料理が運ばれてきた。

さすがは公爵様というべきか、どの料理も絶品で、王家のパーティーで食べたご馳走に引けを取らないほど美味しかった。

(観劇で何が起こるかわからないが……相手のことを知るのは必須だよな)

料理に夢中になってしまったが、今自分に必要なことを思い出した。私は公爵様に関して、ほとんど何も知らなかったので、まずは観察することから始めた。

(……意外と前髪が長いんだな。もったいない。せっかくいい目をしてるのに)

銀髪の前髪は目に少しかかるほど長く、目が隠れてしまっていた。

睨み合った仲だからこそわかるのは、公爵様の眼光は何もしなくても鋭いということだった。

(いいよな、こういう圧のある雰囲気。佇んでいるだけで舐められないのは、ちょっと私も努力をすれば、圧をかけることはできる。ただ、それでも強面には勝てないだろう。

（おまけにガタイまでいいときた。さっき握力勝負で手を握ってみてわかったが、相当鍛えているな。筋肉もかなりあるだろうし）

公爵様の体つきと自分の細い腕を交互に見る。

（いいな、やっぱり羨ましい）

自分の腕にもあれくらい筋肉がつけばいいのにと、心の中で呟いた。

じっと観察していると、アーヴィング公爵様と目が合った。

「レリオーズ嬢は何か好きな料理はありますか？」

「好きな料理は肉料理ですね」

「美味しいですよね。特に何がお好きなんですか」

「どれも本当に好きなんですが、一番を挙げるとしたらステーキですね」

「ステーキ……やはり王道は欠かせませんよね」

「そうなんですよ」

流れるように自然と会話をしていたが、ここであることに気が付いた。

（……待て。さっきから公爵様、私の情報を引き出してばかりじゃないか？）

油断していた。

私が公爵様を観察し情報を得ようとしているのと同じで、彼もまた私を調べていたのだ。

(くそ、私も情報を引き出さないと)

そう判断すると、今度は私から質問を始めた。

「公爵様は何がお好きなのですか?」

「……私も肉料理が好きです」

まぁ、それだけ鍛えていればそうだろう。納得のいく回答だったが、公爵様は答える直前に一瞬考える間があった。

(もしや、本当に好きな食べ物は違うんじゃ……鍛える上で欠かせない秘密の料理なのか? ……だとしたら暴かないとな)

公爵様の強さの秘訣が、もしかしたらそこに隠されているのかもしれない。そう思い、私は追及を始めた。

「他に好きな料理はないんですか?」

「他に、ですか……」

深掘りされるとは思っていなかったようで、公爵様はわずかに動揺を見せた。

きた! と思った私は、話してもらえるように期待を込めた眼差しで公爵様の目を見た。

「実は………その、スイーツも好きで」

「スイーツ」

（聞いたことがあるぞ。鍛えるのには甘い物を摂取するのも大切だって）

一人納得して、この話題をさらに広げることにした。

「いいですよね、スイーツ。私も甘い物が好きなんです」

「そうなのですか？」

「はい。……公爵様おすすめのスイーツとかお店はあったりしますか？　もしよろしければお聞きしたいなと」

「あ、あります。特に王都には美味しいスイーツのお店が多くて――」

私は公爵様がよく買っているというスイーツのお店を聞き出して、しっかりと脳内に記憶した。

（よし。今度買って食べよう。……もしかしたら、私にも少し筋肉がつくかもしれない）

そんなことを夢見ながら、食事の最後の方は甘い物談義になっていた。

ひたすら聞き続けたこともあって、ボロは出なかったと思う。

（よし。今日のところは、粗は見つからなかっただろうな）

食事を終えると、一安心することができた。

「あの、お会計なのですが」

「既に済んでおりますので、ご安心ください」

「え!?　私、払います」

「いえ、レリオーズ嬢からお金を受け取るなんてそんな」

　衝撃を受けながらも会計を申し出れば、公爵様は首を横に振った。

「お誘いしたのは私ですし……ってレリオーズ嬢どうかされましたか？」

「……公爵様のお気持ちはよくわかりました。ご馳走様です……」

　公爵様の態度や行動で、あることを思い出した。私は前世でもこうやって奢ってもらったことがある。

　それは――私をかわいがってくれていた番長格の姉御。姉御はいつも飲み物とか食べ物を奢ってくれて、お返しをしようとすると「弱いやつから金をとるほど腐ってねぇよ」と言っていた。つまりお金を払わせない、ということは公爵様の中で私が弱いと認定されているということ。

（認めたくなかったけど、あの握力勝負で力の差は歴然だった……初めは自分が勝ったと思ったけど、よく考えてみれば、公爵様はピクリとも動いてなかったもんな）

　精一杯力を入れたにもかかわらず、公爵様は微動だにしなかったことを思い出す。

（決闘をする価値もないと私を憐れんで飯を奢ってくれたってことか……？）

　色々と自分の中で合点がいき、恥ずかしいやら悔しいやら感情が忙しい。

（駄目だ。……今日は私の負けだな）

　力ではこの弱い体じゃ勝てない、別の方法で戦わなければいけない。潔く負けを認めると、次の観劇では絶対に勝つことを誓った。

レストランを後にすると、私達は噴水前で解散することにした。

「レリオーズ嬢。それでは本日はここで」

「ありがとうございました」

「では一週間後、よろしくお願いします」

「はい、また一週間後に」

礼儀として食事に連れて行ってもらったことに感謝をしながら、別れの挨拶をした。

見送られる形で別れたが、背後を取られた以上気を抜かずに馬車を目指すのだった。

レリオーズ嬢の背が見えなくなるまで、噴水の傍を離れなかった。

(行ってしまったな……)

今日という日が楽しかっただけに、別れが名残惜しくなってしまった。

彼女の姿が見えなくなると、自分の手のひらを見つめた。

(まさか手を握ってくれるなんて……思いもしなかったな)

エスコートのつもりで差し出した手をギュッと握ってくれたレリオーズ嬢。その行動が可愛らしくて、手にはまだ彼女の手の感覚が残っていた。

「……観劇、楽しみだな」

ダメもとで誘った観劇は、快く承諾してくれた。

口約束になってしまうかもしれないという不安は、レリオーズ嬢に日程を尋ねられた瞬間消え去った。

（こんな顔で甘い物好きなど、印象を悪くしないか不安だったが……レリオーズ嬢は何一つ気にすることなく、むしろ熱心に話を聞いてくれたな）

その反応が嬉しくて、俺の心は満たされていた。

総じていい一日だった。

嬉しさがこみ上げてくる中、自分も帰路に就こうと歩き出した。すると、馬車に向かう途中で、一人の女性が三名の男性に絡まれている状況に遭遇した。すぐさま助けに行こうと体が動いた。俺に背を向けている男達に近付くと、一人の肩に手を置いた。

「止めないか」

「何だ、お前──」

圧のある顔だと自負しているので、振り返った三名の男性を思い切り睨みつけた。

「ひっ」

「お、おい。行くぞ」

反論する時間も与えずに威圧すれば、男性達はすぐさま女性を置いてその場を去った。

「大丈夫ですか」

「あっ……」

女性とは目が合ったかと思えば、すぐさま逸らされてしまった。俺の顔が恐ろしかったようで、女性は固まっているようだった。

「怖がらせてしまい、申し訳ありません。もう大丈夫だと思いますので、私はこれで」

女性の視線に申し訳なさを抱くと、逃げるようにその場を去った。

（……やっぱり、この顔は怖がらせてしまうな）

失笑しながら馬車に乗ると、馬車はすぐに屋敷へと走り始めた。

窓越しに見える自分の鋭すぎる眼差しにあきれを抱きながらも、思い浮かぶのはレリオーズ嬢の真っすぐな瞳だった。

（今日も……ずっと目を見続けてくれた）

それが当たり前だと言うかのように、レリオーズ嬢はじっと俺の目を見つめて会話をしてくれた。怯えることもなく、不自然に目を逸らすこともなかった。

それが嬉しくて、レリオーズ嬢とは一緒にいるだけで心が満たされている気がした。

（……早く、一週間後になるといいな）

ガラスに映る自分の口元は、少し緩んでいた。

# 第三章 ヤンキー令嬢と強面公爵

屋敷に帰宅すると、クリスタ姉様に「お誘いを受けたのなら事後に手紙を送るのよ」と教えられた。失礼のないようにと釘を刺すのも忘れなかった。

（果たし合いだったとはいえ、奢ってもらったのは事実だからな……ここは大人しく感謝の手紙を書いておこう）

負け惜しみのような手紙にはならないよう、食事が美味しかったことと次の観劇が楽しみだという内容を綴って送った。

「お嬢様。本日はいかがでしたか？」

ミーシャが興味津々といった瞳で私を見てくる。

「え？　……まぁ、別に普通だったよ」

「詳しくお聞きしたいです！　なんてったって、お嬢様が出かけられるだなんて滅多にないことではありませんか！」

興奮気味に近付いてきたミーシャに、何もなかったと伝えたものの、全然納得してくれなかった。ドーラもレベッカも気になるようで、その様子を静観――というよりは、話してほしいという圧を感じ取っていた。

（詳しく聞きたいって言われてもな……話せるのは果たし合いしたことだけだぞ？　いきなり架空の友人と遊んだ話作れるほど知識ねぇしな……）

侍女は三人もいるため、嘘を並べればすぐにバレるだろう。それなら、本当のことを話して、協力してもらえるように立ち回る方が吉だ。

「……姉様には絶対内緒だぞ？」

様子を窺うように、ミーシャ、ドーラ及びレベッカを見つめた。

もちろんだと言わんばかりの力強い頷きをもらうと、私は事の詳細を話した。

「お相手があの冷酷な公爵様!?」

「しーっ！　声がでかいぞミーシャ！」

人差し指を口の前に持ってきながら、声の音量を落とすよう伝える。

三人の侍女は、私が同性の友人ではなく、公爵様と会っていたことを聞いて目を見開いていた。驚かせてすまないと思いながら、喧嘩を売られた経緯と今日の食事会のことを話した。

「まさかお嬢様が公爵様とそんな展開に……でも、貴族男性が女性にご馳走するのは当たり前のことかと思いますが」

「いや、喧嘩を売った相手に女も男も関係ない。これは私の負けなんだ……」

ミーシャ達には喧嘩のルールが理解できなかったようで、三人とも首を傾げていた。

「……でも、不思議ですね。公爵様はそもそもなぜお嬢様に喧嘩を売ったのでしょう？」

「それは私に睨み返されたのが気に食わなかったからじゃないか」

公爵様は、最初はビビらせるつもりで睨んだだけで、喧嘩を売る気まではなかったのだろう。けれども、社交界デビューしたての小娘に睨み返され、おまけに逃げられたのであれば、気に入らないと感じてもおかしくはない。

「わざわざ誘いの手紙を送って、自分が負かしたお嬢様を観劇にまで誘ったりしますか？」

「確かに負けた、けどそれは今回の握力勝負においての話だ」

「「握力勝負……」」

何だそれはという表情でこちらを見つめるドーラとレベッカの視線がいささか気になったものの、私は話を続けた。

「握力勝負だけじゃ、男が女に勝ったとは言えない、格好が付かないと考えたんだろう。公爵様はきっと力だけじゃなくて、貴族として私を社会的に抹殺しようとしている」

「抹殺って……ただ睨まれただけでそこまでしますかね……？」

「だって冷酷と言われる公爵様だぞ？　淑女なら当たり前に嗜んでいる観劇で私を試そうとしているのが、いい証拠だ。この勝負で負けたら、私は姉様にどんな仕打ちを受けるか……」

「お嬢様、怖がる相手が公爵様じゃなくなっていますよ」

ミーシャの突っ込みに目をぱちぱちとさせると、ははっと笑ってごまかした。

今後も平穏な人生を過ごすためにも、ここで問題を起こして生きづらくなるわけにはいかない。下手したら一生屋敷から出してもらえない可能性もある。

そもそもこのまま負け続けるのは、性格上絶対許せない。

「今度こそ、絶対舐められないように相手を負かしてやる！」

「観劇の勝ち負けって……？」

「そんなものはありませんよお嬢様」

「ドーラさんに同意です」

首を傾げたミーシャと、私の考えに首を振るドーラとレベッカ。

「いやあるさ。要するに私は、淑女として完璧に立ち振る舞って、向こうの知らない観劇の話でもして『参りました』って言わせればいいんだ！　まあ、その知識はこれから覚えることになるけど……私ならできる!!」

「わかりました。お嬢様は公爵様と観劇に行かれるということですね。承知致しました。私どもも、僭越ながら全力でお嬢様をお助けいたします」

「ドーラ……あぁ、頼んだ!!」

少し前までは否定的な様子かと思ったが、さすがドーラだ。付き合いが長いこともあって、私の考えを瞬時に理解し汲み取ってくれた。

他二人の侍女も、間はあったものの、力になると宣言してくれた。

（やっぱり話してみるもんだな！　これなら相当心強いぞ‼）

収穫があった私は、うきうきで一日の終わりを過ごすのだった。


翌日、公爵様の返事はすぐに届いた。

（私も楽しみにしています……勝者の余裕だな）

手紙を読み終えると、私はすぐに観劇の勉強を始めた。

ほとんど知識がないに等しかったので、クリスタ姉様に頼んで初歩的なことが載っている本を探してもらった。

「それにしても嬉しいわ。アンジェに、一緒に観劇に行く友人ができただなんて」

「……楽しんできます」

本当は果たし合いなんです、喧嘩を買ってしまったんです。そう正直に言うこともできないので、ごまかし続けた。侍女達は約束を守ってくれて、クリスタ姉様に話が知られることはなかった。

できることなら、クリスタ姉様にバレてしまう前に、果たし合いの決着をつけたいところだ。そのために、約束の日まで観劇の勉強に励むことにした。


公爵様と食事に行ってから三日が経過した。

今日も図書室で観劇に関する本を読んでいた。半分ほど読み進めると、本から視線を外して背もたれに思い切り寄りかかった。天井に視線を移す。

「……駄目だ。頭痛い」

毎日本と向き合う日々に酷く疲れてしまった。

想像していたよりも観劇に関して覚えることは多く、普段本を読まない私にとっては苦行だった。

(喧嘩してた日々の方がよっぽど楽だったな)

精神的に疲れてしまい、今日はこれ以上詰め込んでも頭に入らない気がした。

「……たまには息抜きも必要だよな」

本を閉じて元の場所に戻した。そして図書室から自室に戻ると、乗馬服に着替えて厩舎に向かった。

「ティアラー！　走りに行こう‼」

ティアラというのは私の愛馬の名前だ。本当は「最強姫」という漢字でティアラと読むのだが、この世界には漢字がないので、読み仮名だけのティアラで登録されてしまった。立派な栗毛は、褪せることなく輝いている。

私が大声を出すと、ヒヒーン！　と負けないくらい大きな声が返って来た。

「ティアラ！　元気にしてたか？」

私はティアラの下に駆け寄った。ブルッと嬉しそうな声が返ってくる。

「最近走れなくてごめんな。今日は遠くまでは行けないけど、いっぱい走ろう」

満面の笑みをティアラに向ければ、ティアラも笑い返してくれている気がした。

ティアラとは長い付き合いで、もう三年も共にしている。それだけ時間を重ねているからか、馬の言葉はわからなくてもティアラとは意思疎通ができている気がする。

「よし、行こう」

厩舎を出ると、私は早速ティアラに乗った。

レリオーズ侯爵邸の裏は馬を走らせることのできる草原なので、そこに移動した。

「やっぱり、走るなら全速力だよな」

前世はバイクを乗り回していた私にとって、走りは命。大事にしていた愛車があり、壊れるまで乗るほど走ることが大好きだった。しかし、転生して一番絶望したのはこの世界にはバイクが存在しないということ。馬車では私の〝走る〟という願いは叶わない。

クリスタ姉様が乗馬の特訓をしている様子を見たことがあるが、それは非常に美しく、ゆったりとした動きだった。

(そういやそれもあって、クリスタ姉様との勝負は絶対勝てると踏んでたんだよな)

勝負に負けたことを、嫌でも思い出してしまった。

思い返してみれば、私はクリスタ姉様を舐めていたのだ。お上品な乗馬には負けるわけがないと。しかしふたを開けてみれば、クリスタ姉様の実力は素晴らしいものだった。悔しい気持ちまで再浮上して、苦い感情が胸の中に広がる。

とにかく、私はクリスタ姉様がきっかけで乗馬を知ることになった。

できる限り速く走れる馬を探していたところ、ティアラと運命の出会いを果たしたのだ。ティアラがやって来た当初は相当な暴れ馬でみんな手を焼いていた。けれども、私はティアラの走りに惚れ込んで、世話をすることに決めたのだ。以来、ティアラは私が転生してきたこの世界で気を許せるマブダチのひとりだ。

「気持ちいいな!!」

やっぱり乗馬は好きだ。

乗馬ができることは、貴族令嬢の数少ない良い部分だ。

「……なぁティアラ。もし私がレリオーズ侯爵家を出たら、ついて来てくれるか?」

囁きはティアラには聞こえなかったようで、返事はなかった。

「って、そんなこと言われても困るよな。さ、走ろう！」

息抜きをしにきたのだから、難しいことを考えるのは止めようと思った。

その後も私は、気が済むまでティアラと草原を駆け抜けた。


観劇の約束当日。

ドレスコードとして、ある程度華やかな装いをしなくてはいけないことを学んだので、今日は大人しくドレスに着替えていた。侍女達の「お助けいたします」という宣言は早速果たされることになった。

（勝負の赤。このドレスなら勝てるだろ）

いつも通り髪は下ろした状態で、髪にも首にも特に飾りをつけることはしなかった。

身支度を整えると、レリオーズ家の御者には「今日は友人の馬車に乗って行く」と伝えて、屋敷の門の前に向かった。待機してすぐに、我が家に向かってくる馬車が見えた。

馬車が私の前で止まると、中から公爵様が降りてきた。

「お久しぶりです、レリオーズ嬢」

「ご無沙汰しております、公爵様」

（なるほど、紺色の礼装か……なかなか似合うな）

公爵様の装いも華やかなもので、ここはいい勝負だった。

「では行きましょうか」

「はい、よろしくお願いします」

馬車に乗る際に、公爵様は手を差し出してくれた。

(これ、本で読んだぞ！　馬車に乗る時の男性側のエスコートだよな)

確かあれは『観劇用のエスコート』という本だった気がする。題名に〝観劇〟が入る本は片っ端から読んだのだが、その甲斐があった。

公爵様の手にそっと自分の手を乗せて、馬車に乗り込んだ。その後公爵様も着席したところで、馬車は劇場に向かって出発した。

「レリオーズ嬢は、赤いドレスがよく似合いますね」

「ありがとうございます。公爵様も今日の礼装、とても素敵です」

褒められたら必ず褒め返す。これを徹底しながら、馬車の中の会話を乗り切っていった。

他愛のない会話を終えると、私はこの一週間公爵様が何をしていたのか聞くことにした。

これも彼に対する情報収集だった。

「公爵様。この一週間はどのように過ごされていたんですか」

真剣に聞こうと、公爵様の目をじっと見つめる。

「そう、ですね……特別なことは何もしてないです。アーヴィング公爵領の領地経営を行ったり、騎士団の訓練に顔を出したり。ですが、結局書斎で書類を片付けることが多かった一週間かなと」

どうやら公爵家当主としての仕事で忙しい時間を過ごしていたようだ。

(領地経営ができるのはすげぇな……普通にそこは尊敬だ)

　本と向き合うだけでも頭が痛くなっていた私にはできそうにないことだった。しかし多忙にもかかわらず、訓練は欠かさなかったようだ。ガタイのいい理由がまた少しわかった気がした。

「騎士団の訓練は何をされたんですか」

「全てに参加したわけではないのですが、剣術を磨いていました。素振りをしたり、何人かの騎士と対戦したり」

「剣術は始められて長いんですか？」

「もう十年以上は続けていますね。アーヴィング公爵家に直属の騎士団があるので、幼い頃から自然と剣は振っていました」

(それはカッコいいな。……剣術の対戦か。間近で見たら迫力あるんだろうな)

　私も剣術に興味を持ったことはある。この世界では殴り合いの喧嘩よりは、剣で戦う決闘の方が一般的なようだった。

　それなら私も剣術を学ぼうと思ったのだが、なにせこのか細い腕では剣を持ち続けるのが難しく、学ぶことを保留にしてしまった。

いつかは剣術ができるようにと鍛えていたのだが、悲しいことに筋肉があまりつかず、挑戦できずにいるわけである。

「幼い頃から続けられているのは凄いですね」

「ありがとうございます」

強くなろうと努力し続けることは、誰にでもできるわけではない。公爵様が十年以上続けた証が、あのガタイの良さだとすれば、努力の賜物だろう。誠実な一面は素直に尊敬したいと思えた。

「レリオーズ嬢。私からも、一つ気になることを聞いてもよろしいでしょうか」

「……もちろんです」

（私ばかり情報を引き出すのは、フェアじゃないよな）

嘘を吐くつもりはないが、弱みだけは見せないようにと気を引き締めた。

「レリオーズ嬢は、私の目が怖くはありませんか？」

「……え？」

予想の斜め上をいく質問に、私は間の抜けた声を出してしまった。

「その……私は目付きが悪いので。普通にしていても圧が凄いのか、怖がられることが多くて。睨んでいなくても睨まれたと思われてしまうこともあるので、ご不快な思いをさせていないか心配で」

（………睨んでいなくても、睨まれたと思われる？）

公爵様の発言に、私は思考が停止してしまった。

彼が自分の容姿に関して語る間、改めて顔を観察した。確かに、今も普通に話している

だけなのに睨んでいるようにも見える。

私は嫌な予感がして、慎重に確認をすることにした。

「公爵様。もしかして王家主催のパーティーで、目が合いましたか……？」

「そ、そうです……！　誰かと目が合うことは滅多になかったので、レリオーズ嬢が怖が

ることなく視線を返してくれたのが凄く印象に残っていて」

とてもガンをつけた人間の言葉には思えなかった。

（もしかして、公爵様は私のこと睨んでなかったんじゃないか……？）

冷や汗が流れてくる。私が喧嘩を売られたと思ったのは、勘違いだったのだ。しかし、

そうだとしても納得できないことがいくつかあった。

「私も一つ伺っても？」

「もちろんです」

「その、いい度胸してますねというのはどのような意味ですか？」

「私と目が合う人は滅多にいませんし、合ってもすぐに逸らされてしまうので。正直、怖

い雰囲気がある目付きだと自負しています。ですがレリオーズ嬢は、動じることなく、真っすぐな瞳で見つめ返してくれたので、度胸のある女性だと思ったんです」

「な、なるほど。そう、だったんですね……あはは」

（そういうことかよ！）

思いもよらない意味合いだったことに突っ込みたくなったが、どうにか作り笑顔で相槌を打った。

公爵様の行動原理が紐解かれ、喧嘩を売られていなかったことが明らかになっていく。

新たな疑問が浮かんだ瞬間、公爵様に名前を呼ばれた。

（ま、待てよ。そうなると、どうして果たし状が送られてきたんだ？）

「レリオーズ嬢？　やはり怖がらせてしまったでしょうか」

これはまずい。会話に集中していなかったことが伝われば、相手に失礼だ。

「いえ。怖いと思ったことは一度もありません」

「えっ」

衝撃の事実を知ったことで、動揺で鼓動が速くなった。

（公爵様が気にされてるのって、絶対最終日に逃げたあの件だよな）

なにせ目が合った瞬間、即座に走り去ったのだから。自分が怖がらせたと思うのが普通だろう。ただ、私は公爵様の目を見て怖いと思ったことはないし、ビビったこともない。

今はとにかくその誤解を解くために、私は毅然とした態度で本心を語ることにした。

「社交シーズン最終日……あの時会場を後にして走ったのは、私が何かご不快な思いをさせてしまったかと勘違いしたからでして。決して公爵様の目を恐れたわけではないんです。むしろ、こうしてよく見れば見るほど凛としていてカッコいいと言いますか、その圧が非常に羨ましいと言いますか」

公爵様の目を見ながら弁明のように長々と話していたら、思わず心の声まで出てしまった。私が話し過ぎたのか、公爵様は驚いたように固まっている。

（ま、まずい。変なこと口走ったか？）

今までなんとかボロを出さないようにしてきたが、動揺と焦りでやらかしてしまったかもしれない。これ以上は黙っていようと口を結べば、少しの沈黙の後、公爵様は再度ゆっくりと私を見つめた。

「……嬉しいです。目について褒められたことはなかったので」

「えっ、本当ですか？」

「本当です。先程も話した通り、怖がられることが当たり前だったので。……あまりよく思われてはいなかったと思います」

「それは……周囲の見る目がないだけじゃ」

再び公爵様が目を見開いた。今度こそやらかしてしまったかと緊張が走る。

（……あっ。素で反応しちゃった）

自分の発言を振り返る。令嬢らしさなどない、屋敷での素の自分が出てしまったことに気が付いた。

「ははっ」

（わ、笑った……！　普通に良い笑顔だな）

初めて見る公爵様の笑みは、いつも見る硬い表情と比べて違う印象を受けた。

「ありがとうございます、レリオーズ嬢」

感謝されるようなことを言ったつもりはないのだが、失言をしなかったことに安堵していた。謙遜するのもおかしな話なので、小さく会釈をしながら受け取った。

「……あれ？　ということは、公爵様は目を怖がらなかった私が気になって手紙を送ってくれたということですか？　私に腹を立てたとかではなく……？」

「腹を立てるだなんてとんでもない。どうしても、レリオーズ嬢とこうしてお話がしたかったのです。思っていたよりもっと素敵な女性で、勇気を出して良かったです」

「あ、ありがとうございます。公爵様もとても素敵な方かと」

（なんだ、公爵様はいい奴じゃないか）

評価されたことが素直に嬉しかったのだが、公爵様の話を聞いていると、とても彼が冷酷な人のようには見えなかった。

（……所詮、噂は噂ってことじゃないのか）

広まってしまった話とは全く異なる公爵様を前にして、くだらない噂が流れる社交界はやはり好きになれないと感じた。

（まぁ、とにかく。果たし状は私の勘違いだってわかったし、お誘いは本当に厚意だったわけだ。……せっかく観劇の勉強もしたし、今日は楽しむとするか！）

気持ちを切り替えたところで、改めて公爵様を観察してみると、近寄りがたい雰囲気があるような気がした。冷酷とまでは言わないが、冷たい空気を感じてしまう。その原因を考えながら、気になることを尋ねた。

「公爵様は、前髪をずっと下ろされたままなんですか？」

「はい。他の人を不快にさせるので……」

コンプレックスを感じるものは隠そうとするのが、自然なのだろう。

（前世でも公爵様みたいに眼光の鋭いヤンキーはたくさんいたな。……でもあいつらは結構親しみやすかったけど）

彼らと公爵様とは何が違うのだろうと比較してみると、あることに気が付いた。

「……あくまで私の感想なのですが」

「はい」

「目を隠すために前髪を下ろしたままだと、余計に怖がられるのではないかと思いまして」

「そう、なのでしょうか？」

「はい。前髪があると、余計に圧を感じるのかなと思って。眉毛も見えませんし」

「眉毛……？　考えたこともなかったのですが、眉毛で変わるものでしょうか」

いまいちピンときていないような声色で復唱する公爵様。

「眉毛はとても大切ですよ。人相に関わるので」

「人相」

私は深く頷くと、両手の人差し指で眉毛を隠してみせた。

「ほら、眉毛があるとないとでは、結構印象が変わりませんか？」

「確かに……レリオーズ嬢は眉毛がある方が綺麗です」

「あっ……ありがとうございます」

予想外の言葉に動揺してしまったが、すぐに立て直した。

「ということなので、眉毛を見せることは大切かと」

「なるほど」

「髪をかき上げてセットし、前髪を取っ払えば公爵様の眉毛と目がはっきり見えるようになります。これでかなり印象が良くなるんじゃないかと思って」

「印象が……」

私が前髪をかき上げたヤンキーを見すぎたこともあって、その方が印象が良いと繋げてしまったが、世の女性方にどう映るかまではわからない。念のためを考えて、個人の感想と伝えた。

「……レリオーズ嬢は、前髪を上げた方がお好きですか？」

「そうですね。より魅力的になるかと」

「なるほど……貴重なご意見ありがとうございます」

「いえ、思ったことをそのまま口に出しただけなので」

律儀に頭を下げる公爵様に、私も反射的に同じくらい深く頭を下げた。

「あの……ここまで言いましたが、本日の公爵様のお姿も十分素敵です。決して否定しているわけではなくて」

「光栄です。もちろん伝わっています。レリオーズ嬢が親身に考えてくださったのが」

「……それならよかったです」

ほっと安堵しながら、小さく笑みを漏らした。

（前髪ありも似合っているけど、やっぱりあの瞳と眼光を活かすならかき上げだよな）

せっかくガタイもいいのだ。かき上げが似合わないはずがない。いつか公爵様のかき上げスタイルを見れるといいな、と密かに楽しみにするのだった。

話に区切りがついたところで、ちょうど劇場に到着した。

馬車から降りると、想像以上に立派な劇場が目に入る。

（ここが劇場……本に書いてあった通り、かなり大きいな）

入り口付近は多くの人で賑わっており、これから始まる演目への期待が高まった。

「ではレリオーズ嬢。行きましょう」

「はい、お願いします」

公爵様のエスコートで、劇場の二階へと向かう。そこには、貴族らしき人が多く見られた。どうやら二階席は貴族専用の席で、個室のような形になっているらしい。

公爵様が用意してくれた席に向かう中、やけに視線を感じた。

「見て、アーヴィング公爵よ」

「お隣に居るのは誰かしら」

「見ない顔だな」

公爵様は目立つようで、話題の中心に上がっているようだった。

（貴族って本当に噂話が好きだよな。どうせ、あることないこと言ってるんだろ）

ひそひそと話す姿にあきれたが、視線を集めていた公爵様は居心地が悪そうだった。

「すみません、レリオーズ嬢。私のせいで」

「どうして謝るんですか。公爵様は何も悪いことしてませんよ」

「いえ。注目を浴びているのは私が原因なので」

「だとしても気にしないでください。誰にどう見られようと、私は気にしません」

（……平民になるかもしれないしな。ならなかったとしても、気にしないけど）

公爵様を見上げると、真剣な眼差しを向けた。

「むしろ見てくる方が悪いくらいの気持ちでいましょう」

ふっと笑いながら言えば、公爵様は目を丸くした。

（本当はこっち見てんじゃねぇよ精神を伝えたかったけど、さすがに品がなさすぎるしな）

社交界の嫌な部分を実感しているところだが、こういう時は気にしないのが一番だとクリスタ姉様に教わった。それを自分なりに解釈して公爵様に伝えたつもりだ。

「いいですね、そういう考え方も」

「はい。私達は何も悪いことをしていないので、堂々としていましょう」

「そうしましょう」

頷き合うと、背筋を伸ばして移動を続けた。

公爵様に案内されたのは、劇場の真ん中に位置する席だった。

（凄い。よく見える）

視界が良好で、舞台全体がよく見える。知識のない私でも良席だとわかった。

「こんなに良い席を用意していただき、ありがとうございます」

「今回の演目は、この席で見ていただくとより楽しめると思いまして」

「なるほど」

(あ、これも勉強したところだ。当たり前だけど座席によって見え方が大きく異なるんだよな)

　一階席、二階の右端と左端、真ん中では、それぞれ距離や舞台の見え方が違う。その中でも真ん中は、全体を俯瞰して見られる席になっている。

「レリオーズ嬢、何か飲まれますか？」

「そうですね。あるとありがたいです」

　映画はポップコーンとジュースを持って見る派なので、観劇でもあると嬉しかった。

「係の者に準備が伝達できていなかったようなので、声をかけてきますね」

「それなら私も——」

「いえ。私の不手際ですし、レリオーズ嬢は開演までゆっくりしていてください」

　公爵様はそう告げると、颯爽と個室を後にした。

　一人になった私は、きょろきょろと辺りを見回し始めた。

(もうほとんど席が埋まってるな)

　かなりの大人数で賑わっている一階に比べて、二階はゆったりとした空間だった。

(それにしても、公爵様が私を観劇に誘った意図が気になるな)

果たし合いという誤解が解け、厚意だという理由がわかっても腑に落ちない部分があった。ほとんど面識がない人間を、会話もせずに食事に誘うのには何か厚意とは別の理由がある気がしたのだ。

(厚意じゃないとして……私のことが気になってるって言ってたな)

気になる相手を誘う理由は限られてくる。

思い返してみれば、前回の食事の時、公爵様は緊張している瞬間もあった気がする。

(気になっている相手で、緊張してしまう。次の約束もしたい相手か。………あっ！)

状況を整理していくと、一つの答えにたどり着いた。

(わかったぞ！　公爵様は、私と友達になりてぇんだ！)

ようやく疑問が解けると、スッキリした気持ちになった。

(友達ならいくらでもなるさ。……あぁよかった。喧嘩でも果たし合いでもないなら、クリスタ姉様に怒られる心配もないな)

心の底から安堵すると、肩の力が抜けた。

結論が出たところで、公爵様が戻ってきた。するとすぐに係の者によって、飲み物が準備された。丁寧にセッティングすると、係の者は退室した。

「種類は豊富だと思いますので、ご自由に飲んでください」

「ありがとうございます」

問題が解決し、ようやく二人揃ってゆっくりすることができた。

「レリオーズ嬢は今回の演目、ご覧になったことはありますか？」

「『ヴィオラの初恋』ですよね。演目自体は知っているのですが、劇を見るのは初めてで」

「そうだったんですね。実は今回の劇、私が個人的に好きな劇団の公演で。演技が上手な方が多いので、退屈はしないかと」

「それは楽しみです」

公爵様お墨付きの劇団となれば、つまらないということはないだろう。

（これは期待できそうだな。楽しみだ）

わずかに緊張感を抱きながら待っていれば、会場が暗くなり幕が上がった。

劇の内容は、身分差の恋愛を題材にしたものだった。

主人公のヴィオラには幼い頃から決まっている婚約者がいたが、ある日家に働きに来た使用人ジョンに心を奪われてしまう。それがヴィオラの初恋だった。紆余曲折あり、ジョンもヴィオラに強く好意を抱いたため、彼はヴィオラに駆け落ちしようと持ち掛ける。

しかし、最終的にヴィオラは家のために生きると言って恋を諦めるという物語だった。

（ヴィオラ……！　お前凄いよ……!!）

自分の気持ちを優先すれば、駆け落ちする選択しかない。ただ、ヴィオラは違った。

（幼い頃からの約束を守った。……ヴィオラは筋を通したんだな。最高じゃねぇか）

私は一人、ヴィオラの選択に感動して胸を打たれていた。

（さすが公爵様のお墨付きだな。凄く面白かった）

幕が下がり始めると、拍手をしながら演者を見送った。演者が深々と頭を下げているのが見える。演じきったことに対する敬意をと思って、できる限り拍手を続けたが意外にも拍手はすぐに鳴りやんだ。

「何だか拍手が小さいですね」

私は率直な疑問を公爵様に尋ねた。

「内容に納得がいかなかったり、つまらないと感じたりした方は必要以上に拍手をしないんです。今回だと、結末に不満がある方が多いのかもしれません」

「結末？」

（なんでだ。どう考えても、葛藤した上でしたヴィオラの選択は悪いわけじゃなかっただろ）

駆け落ちを好む人がいるのは想像がつくが、そこまで大きく不満を抱くほどでもないはずだ。

「演目には悲劇を題材にしたものが多いのですが、どれも衝撃的な結末を迎えることが多いんです。それと比べると、今回は少し刺激が足りなかったのかもしれません」

（それってヴィオラに不幸になってほしいってことか？　それこそつまらないだろ）

公爵様曰く、もっと刺激のあるお話だと主人公が身投げをするものや、恋人と心中してしまうお話もあるんだとか。

「それは随分と悲しい結末ですね」

「盛り上げることが重要なので、より刺激的な演出や内容で、見る側の心を掴みにいくんだと思います」

クライマックスが最大の見せ場というのは理解できた。その上で今日の演目を振り返ると、盛り上がりには欠ける気がした。刺激がないと言われれば、その通りだろう。

「……その、レリオーズ嬢はいかがだったでしょうか？」

公爵様は目を伏せていて、表情は少し硬かった。

「面白かったです。個人的にはヴィオラが好きになりました」

「そう、ですか……？」

公爵様が私の言葉に反応するように目線を上げると、バッチリと目が合う。瞳が揺れ動いているのが見え、それが不安だと感じ取ると表情が硬い理由までわかった。恐らく公爵様は私が退屈しなかったのか気になっていたのだろう。

「はい。もしかしたら駆け落ちを選んだ方が、内容として好まれるのかもしれませんが……私は最初から最後まで自分の考えを貫いたヴィオラが好きです」

ヴィオラの政略結婚は、本人が家のためになる結婚を望んだ故の選択だった。不幸にも結婚が決まった後に、別の人と恋に落ちてしまったがそれは仕方のないことでもある。苦難の末に、ヴィオラは最後まで意志を貫き通した。まさに初志貫徹。評価されるべき心意気だろう。

(いいよなぁ、初志貫徹。カッコいい生き方だ。……家のために生きる、か。私とは真逆だな)

　自由を目指して平民になろうとする私は、ヴィオラとは正反対の人間だった。ヴィオラの生き様は見上げたものだが、だからといって私にとっての初志貫徹が何かはわからなかった。自分のために生きると決めて、平民になるのなら、生き様としては似ているのかもしれない。

　演目と自分の境遇を重ね合わせていると、公爵様は安心した様子で私を見た。

「レリオーズ嬢にそう言っていただけて、本当に嬉しいです」

　私の感想を聞けて公爵様は安堵している様子だった。

(確かに、自分が連れて来た観劇が微妙な演目だったり、つまんなかったりしたら心配になるよな)

　公爵様の気持ちは十分に理解できたので、私はできるだけ良かったという旨を伝えようと思った。

「初めて見る演目だったのですが、凄くわかりやすい内容で楽しめました。劇団の方の演技も、本当に引き込まれるほど上手だったので、見ていてあっという間でした」

私の感想を受けて、公爵様の表情から少しずつ硬さが消えていった。

「……女性は大団円が好きだという話を聞いていたので、今回の結末を見て実は不安になってしまって。ですが、レリオーズ嬢に楽しんでいただけたようで安心しました」

「本当に楽しかったですよ。大団円……今回のお話も面白かったですが、確かに後味がいいお話も好きなので、今度は大団円の演目も見に行きましょう」

(友達なら、何度でも一緒に観劇するよな。公爵様とは好みが似てるっぽいから、また一緒に行ったら楽しいだろうな)

観劇経験がないので、好き嫌いがまだはっきりしていない。ただそれでも大団円の物語は、純粋に見てみたいと思う。貴族の嗜みは乗馬しか理解できないと思っていたが、意外にも観劇が好きになりそうだ。

(これが生き様だ！　とか決闘！　みたいな内容があると、もっと面白そうだよな)

一人でそういう演目がないかと考えていると、公爵様が少し間を空けてわずかに口元を緩めた。

「……是非ともご一緒させてください」

「よろしくお願いします」

小さな会釈に同じくらいの会釈を返した。

「レリオーズ嬢……まだお時間がよろしければ、お食事もいかがでしょうか」

「是非。一緒に食べましょう」

以前、公爵様が連れて行ってくれたレストランは本当に美味しかった。それに加えて今日の演劇も申し分ない面白さだったので、公爵様はかなりセンスがあると思う。

「では行きましょう」

どんな時でも公爵様はエスコートしてくれる。これが当たり前なのかはわからないが、ただ隣を歩くよりも一緒に時間を過ごしている感じがして気分が良かった。

「劇場の隣に、良いお店があるんです。少し歩くのですが、大丈夫ですか？」

「はい、問題ないです」

ハイヒールで歩く練習は、クリスタ姉様によって嫌というほどやらされた。それに、パーティー会場で何度も歩いてきた上に全速力で走ったこともあるので、かなり慣れてきている。

「公爵様はどのような演目を見ることが多いんですか？」

「基本的には今日のような悲劇が多いですね。より刺激のある内容が好まれやすい傾向にあるので、自然とそういう演目を見る機会が多くなっています。ですが、大団円のお話や喜劇も見ますよ」

「喜劇……いいですね。いつか喜劇も見に行きましょう」

「……喜んで」

公爵様の口角が、また上がった気がした。先程に続き二回目の笑みは、とても貴重に思えたので、その理由を一人で考察した。関連性を考えると、すぐに答えが出た。

(わかったぞ……公爵様も大団円と喜劇が好きなんだな)

好みが合っていると確信できることは、友人として最高だった。よい収穫があったと、私も公爵様のようにそっと微笑んだ。

劇場の外に出ると、到着した時のように数人の貴族が馬車を待っていた。

「見て、アーヴィング公爵様よ」

「あぁ、冷酷な公爵様、だろ？　なんでも部下を容赦なく切り捨てるし、泣く子も黙る騎士団長と言われているそうだ」

それはかつて貴族の子息達から耳にした言葉と同じで、公爵様に関する噂話だった。悪い評価でもある話に、公爵様は一瞬悲しそうな表情になったように見えた。

(あの時は噂のように色々すげぇ人なのかと思ったけど……今なら、噂話と実際の公爵様は違うってわかる)

周囲の貴族の話など気にしないかのように、私は感じていたことを吐露した。

「公爵様は、全然冷酷なんかじゃないですよね」

「えっ……」

「優しくエスコートしてくれましたし、飲み物の手配もしてくれました。観劇初心者の私のことを馬鹿にせず、わからないことは何でも教えてくれたので。……これのどこが冷酷なんでしょうね」

「レリオーズ嬢……」

「やっぱり見る目無いですね、他の方々は」

少しでも公爵様の気持ちが晴れるように伝えれば、彼は嬉しそうな声色で反応した。

「ありがとうございます。レリオーズ嬢にわかっていただけるだけで、私は満足です」

口角が上がる姿を見ると、私もほっと安堵した。

「それにしてもしょうもない噂ですね」

「火消しをした方が良いとは思うのですが……私にも非があると思うので」

「公爵様のどこに非があるっていうんですか」

「部下を容赦なく切り捨てる……というのは、間違っていないので」

「え？」

まさか事実だと言われるとは思いもしなかった。驚いていると、公爵様は詳細を教えてくれた。

「切り捨てた……要は騎士団から除名したんです。アーヴィング騎士団は国内でも大きな騎士団ですので、必然的に所属する騎士も多くなっていって。全員が芯のある、素晴らしい騎士と誇りに思っているのですが、そう思えなくなる時もあります」
公爵様から語られたのは、アーヴィング騎士団では、組織を裏切る騎士も現れるという
ことだった。その際に、恩情をかけることなく、容赦なく解雇する――いわば切り捨てた
ことで、噂が悪い方向に広まってしまったというのが、本人の見解だった。
「一度アーヴィング騎士団の騎士として迎え入れたからには、簡単に切り離すべきではな
かったと悔やむこともあります。……ただ、情けをかけては足を掬われることも身をもっ
て経験しているので。……どうするべきかは、未だにわからなくて」
（……よくわかるな、その葛藤）
仲間に裏切られることの辛さは、私も前世で経験している。ちょっとしたいざこざが原
因で、仲間に売られた私は、馬鹿みたいにもう一度だけ仲間を信じようとした。結局、も
う一度裏切られたのだが。
（それでも、新しくできた仲間は信じたいって、思っちまうもんなんだよな。じゃなきゃ、
仲間って言葉の意味が廃れちまうから）
公爵様の思いに共感した私は、自分なりの答えを告げた。
「わからないままでいいんじゃないですか。信じたいと思う相手と、そうじゃない相手は
一人一人違うと思うんです。だから最初からこうしようって、無理に決める必要はないん
じゃないかと。……人を信じるのに、正解も間違いもないですよ」

「レリオーズ嬢………確かにそうですね。一人一人と向き合おうと思います」

公爵様の出した答えに頷きながら、私はニッと笑った。

「というか、容赦なく切り捨てるは嘘じゃないですか」

「い、いえ。そうでもないかと」

「そんなことないですよ。葛藤の末に決めているなら、容赦なくないですよ」

「そう、でしょうか」

「絶対そうです」

力強く頷くと、公爵様は嬉しそうに微笑んだ。

「ありがとうございます、レリオーズ嬢」

「本当のことを言ったまでですよ。……それにしても、泣く子も黙る騎士団長っていうのは、それだけ実力があるということでしょうか」

「これに関しては、私もよくわからなくて。好意的に取るとすれば、そうかもしれません」

今度は苦笑いを浮かべる公爵様。身に覚えのない噂は、誰かがでっち上げたものだ。気にしないのがいいだろう。

「見えました。あの曲がり角を曲がると、レストランがあります」

「そうなんですか、もうすぐですね」

言葉通り、劇場からは少ししか歩かなかった。目的地のレストランやその付近は観劇を終えた人で賑わっていた。

「急げー！」

曲がり角を曲がろうとした瞬間、小さな人影（ひとかげ）が思い切り突進（とっしん）してきた。

「わっ!!」

人影の正体は幼い男の子で、彼は公爵様にぶつかって尻（しり）もちをついた。

「……うぅ」

（だ、大丈夫か坊主（ぼうず））

自分が転んだとわかった男の子は、目にいっぱいの涙（なみだ）を溜（た）めている。

男の子に近寄ろうとすれば、公爵様は私にそう一言告げてエスコートの手を離した。そして男の子の傍（そば）へ寄ってさっとしゃがんだ。

「すみません」

「怪我（けが）はないか？　……どこも血は出てないな。もう大丈夫だよ」

とても優しい声色で、そっと男の子の頭を撫（な）でる公爵様。その瞬間、男の子の目から涙が消えていき、顔を上げた男の子は公爵様をじっと見つめた。

男の子が落ち着くまで、公爵様はずっと頭を撫でていた。

「ご、ごめんなさい」

「私なら大丈夫だよ。それより君に怪我がなくてよかった。立てるかい？」

そっと手を差し出した公爵様は、男の子がその手に触れると、ひょいと持ち上げて彼を立ち上がらせた。

「よし。次からは、曲がり角では走らないようにな」

「うん、ありがとう、お兄ちゃん！」

男の子は公爵様に感謝を告げると、今度はゆっくりとした足取りで去っていった。

（すげぇ……あれ？　まさかこれが本当の、泣く子も黙る騎士団長ってやつか⁉）

衝撃的な現場に居合わせたと、少し嬉しくなった。公爵様の新しい一面は、惹かれるものがあった。

（やっぱり公爵様っていい人だよな。それだけじゃない、強くて優しい……めちゃくちゃカッコいいな）

公爵様の一連の行動に感心していると、彼はすぐに私の隣に戻ってきて、再びエスコートを始めた。

「お傍を離れてすみません」

「いえ。今の公爵様、とても素敵でした」

「あ、ありがとうございます」

公爵様は照れくさそうに、目線を逸らすのだった。

レストランに到着すると、公爵様が個室を予約していたので、すぐに座ることができた。

（なんというか……スマートだな）

歩いてきたこともあり、休憩を取りながら注文を終えると公爵様が切り出した。

「レリオーズ嬢は観劇以外で何か趣味はありますか？」

「乗馬ですね」

「乗馬……お好きなんですか？」

「はい。よく屋敷の裏にある草原で、馬に乗っているんです」

「お屋敷の……それでは遠乗りに行かれたことはまだないのでしょうか」

遠乗り。

それは私がずっと憧れを抱いているものだ。実はずっと、ティアラと遠くまで走ってみたいと思っていた。クリスタ姉様を誘うことも考えたのだが、ゆったりとした遠乗りなら好みと違うと思って諦めた。

母様は基本馬車を使うし、父様は仕事が忙しくて遠乗りに行く余裕がない。私の夢はまだ叶わずにいた。

「実はまだなくて。興味は凄くあるのですが」

「でしたら、次は一緒に遠乗りに行きませんか」

「えっ……いいんですか？」

「はい。私も馬に乗るのが好きなので。遠乗りに最適な場所をいくつか知っているので、もしよろしければ」

「是非ご一緒させてください」

　私は食い気味で答えた。少し早口だったかもしれないが、それくらいずっと遠乗りをしてみたかったのだ。

「よかった。それでは一週間後はいかがでしょうか」

「行けます、よろしくお願いします」

（公爵様、最高のダチじゃねぇか……！）

　私は嬉しさのあまり、深々と頭を下げた。公爵様に顔が見えないのをいいことに、にやけっぱなしだった。

（遠乗り……遠乗りだ……！　ずっとやりたかった遠乗りができる……？　駄目だ、これ以上にやけたら。単純に気持ち悪いだろ。今は家じゃない。品よくだ）

　顔を上げた後はどうにかにやけを隠そうとしたが、気を抜いたらすぐに口角が上がりそうだったので小さく息を吐いて気持ちを入れ替えた。

「では一週間後、よろしくお願いします」

「はいっ。……公爵様は、遠乗りはよくされるんですか」

「そうですね。趣味の一つなのですが、かなり好きな方です。多い時は、月に二回遠乗りをしていて」

（観劇の好みだけじゃなくて、他の趣味も合うなんて……これ、マブダチになれるぞ）

まだ出会ってから日が浅いものの、公爵様とは絶対仲良くなれると確信した。

「やはり遠乗りは楽しいですか？」

「乗馬が好きな方なら楽しめるかと。のんびりと走ることもできますし、駆け抜けるように走ることもできるので。景色を楽しみながら馬と走るのが、とても気持ちがいいんです」

「お話を聞いたら、ますます楽しみになってきました。早く公爵様と一緒に走りたいです」

一人で駆け抜けるのはもちろん好きなのだが、誰かと一緒に走ることも同じくらい大好きだ。それを実現できることが嬉しくて心が躍る。

「私も同じ気持ちです。来週が待ち遠しいなと」

公爵様の笑みに釣られて、私もにやけを抑えられなくなって頰が緩んでしまった。

（今日の公爵様はよく笑うな……何だか打ち解けられてる気がしていいな）

これぞ友人の第一歩なのだろう。

遠乗りの約束をしたところで、食事が運ばれてきた。

今回の食事も当たりしかなく、どれも絶品の料理ばかりだった。

（美味すぎる。いつか姉様達にも食べさせてあげたいな）

今度家族でこのレストランに来るのもいいなと思った。

「今日の食事も凄く美味しかったです」

「楽しんでいただけたなら、とても嬉しいです」

食事を終えたところで、私達は馬車に乗って帰路に就いた。

前回の緊張した空気とは違って、今日は終始和やかな雰囲気で会話ができた。

屋敷に送り届けてもらうと、一週間後の遠乗りに関して再度確認してから公爵様を見送った。

アンジェリカを送り届けたギデオンは、そのまま一人馬車に揺られながら帰路に就いていた。

（……もう、彼女に会いたくなってしまった）

先程別れたばかりのアンジェリカのことを思い出していた。

馬車の窓に映る自分を見ながら、ギデオンは前髪をかき上げた。

「……確かに、眉毛は大事だな」

　ずっと自分の目付きが嫌いで、それを隠すように前髪を下ろしていたギデオン。心情に変化が訪れたのは、アンジェリカの言葉が大きかった。

（俺の目が凛としていてカッコいい、か。そんなこと初めて言われたな）

　自分でさえ嫌っていた目を、アンジェリカは羨ましいとまで言ってくれた。それが何よりも嬉しくて、ギデオンは口元が緩んでしまう。

（……乗馬は髪型が崩れてしまうから前髪をかき上げることはできないが、機会が来たら必ずやろう）

　どんなに多くの人に恐れられても構わない。彼女が気に入ってくれるなら。

　ギデオンはそう思いながら、もう一度鏡に映る自分の目を見た。

（レリオーズ嬢の褒め言葉は……この先一生、忘れないな）

　それほどまでに、ギデオンにアンジェリカの言葉は影響を与えていた。

（……大団円も、喜劇も、また今度一緒に見よう）

　何気ない誘いの言葉は、ギデオンにとっては胸が高鳴るものだった。

（正直、この観劇で最後になってしまうことも考えていたな……自分がレリオーズ嬢にどう思われているかわからなかったから）

　できることならもう一度会いたいと思っていたギデオンだが、それをどう伝えればいいのかはわからずにいた。微妙な演目を選んでしまったこともあり、これっきりの縁になってしまう不安もあった。

けれどもアンジェリカは、さらりと次の誘いを口にしたのだ。

今度は大団円の演目も見に行きましょうという言葉は、ギデオンにとって最高の褒め言葉だった。そのやり取りがあったおかげで、乗馬に誘うことができたのだった。

（乗馬……頑張らないといけないな。もっと距離を縮められるように）

食事に観劇と共に時間を過ごしたことで、少しずつ親しくなってきたと思うギデオン。

（けど……俺はもっとレリオーズ嬢の近くにいたい）

会いたい以上の欲を抱きながら、馬車に揺られるのであった。


観劇に行った二日後の夕方。

突然、アーヴィング公爵家に訪問者が現れた。

「ギデオン、元気にしていたか？」

「殿下……いきなりどうしたんです」

「それはもちろん、お前の恋愛話を聞きにきたんだよ」

前触れなしに訪問したことに悪びれる様子もなく、ヒューバートはすぐさま応接室に向かった。

「例の令嬢を見つけると宣言してから一ヵ月以上経っただろ？　さすがに進展があったかと思ってな」

「……それだけではない気がするのですが」

「鋭いな」

恋愛話は、王家主催のパーティー以来一度もしていないわけではない。王城を訪れた際に近況報告をしたり、時々手紙で相談をしたりしていた。それにもかかわらず、今日突然訪れたのには別の理由があるとギデオンは踏んでいた。

「劇場に例の令嬢と行っただろう？　社交界はその話で持ち切りだよ。アーヴィング公爵に婚約者ができたんじゃないかと」

「なるほど……そういうことでしたか」

深いため息を吐いたギデオンは、劇場で多くの貴族に見られていたことを思い出した。

「……私が女性と一緒にいることは滅多にありませんから、面白がって話が広まっているみたいですね」

普段意図せず圧を与えたり、怖がらせたりしてしまっているギデオン。周囲の貴族から良い目で見られていない気がしていた。だからこそ、くだらない憶測が飛び交い、噂として流れるのだと思っていた。

「そりゃ気になるだろう。あのアーヴィング公爵の恋愛事情だぞ？」

「確かに。……多くの令嬢は婚約しなくて済むと安堵したかもしれませんね」

ハッと自嘲するように、ギデオンは笑った。

アーヴィング公爵家当主ともなれば、当然婚約者を作ろうと動いた時期もあった。しかしお見合いはことごとく失敗した。どの令嬢もギデオンを怖がってしまうため、話すらできないことがほとんどだった。

「……その逆だよ」

ギデオンの自嘲に、ヒューバートは呟いた。

ヒューバートは知っている。

実は、ギデオンは令嬢達に嫌われているわけでも、怖がられているわけでもないということを。

ギデオンは自分の目付きを悪いとよく言っているが、それ以上に顔が整っている。怖いと美しいの、二つの意味で近寄りがたいのだと推測する。

周囲から恐れられていると思っているギデオンだが、実際にはギデオンと話したいと思っている貴族は多いとヒューバートは知っている。変な噂を流す者や、それを信じる者がいるのは確かだが、その美貌と剣の実力から憧れている貴族も少なくないのだ。

ヒューバートは何度もその事実をギデオンに伝えたのだが、残念なことに彼がこの話を信じることはなかった。長い間友人をやって来たからか、ヒューバートが言っても慰めだと思われてしまうようだ。

　だから、ギデオンは自分が令嬢達から人気があることを知らなかった。

「それで？　二人で過ごしてみてどうだったんだ？」

「凄く……充実した一日でした」

　この一言を皮切りに、ギデオンはどんなことがあったのかざっくりと説明した。

「それは良かったじゃないか！」

　長年の付き合いがあるヒューバートでも、ギデオンが嬉しそうに話す姿は滅多に見たことがなかった。

「ギデオンの目を褒める令嬢か……それは凄いな」

　今まで遠巻きにしていた令嬢しか目にしなかったヒューバートにとって、アンジェリカの存在は異質でありながらも喜ばしいものだった。

　一通り話を聞き終えたヒューバートは、ギデオンに嬉しそうな眼差しを向けた。

「良い相手に巡り合えたようだな」

「良い相手……」

　ギデオンはその言葉を受けて、どこか腑に落ちた表情になった。

（……そうか。俺はレリオーズ嬢が好きなんだ）

　自分の気持ちに気が付くと、ギデオンは胸の中が温かくなっていく感覚を覚えた。

「はい。最高の相手に出会えました」

「よかったな。早速婚約(さっそくこんやく)を申し込むのか？」

「……いえ。まだそこまで親交を深められてはいないので。少しずつ親しくなってから、申し込もうかと」

「そうか。……だが、ゆっくりしている暇(ひま)はないと思うぞ」

ヒューバートは恋愛に関して初心者であるギデオンに助言を伝えた。

「相手は社交界デビューしたばかりの令嬢だろう？　そうなれば、今が一番婚約適齢期(てきれいき)として重要な時期だ。ギデオン以外の貴族から婚約を申し込まれることもあるかもしれないし、他の男に気持ちが向いてしまうかもしれない。だから悠長(ゆうちょう)に動くのは少し危険だ」

「……なるほど」

　そこまで考えられなかったギデオンにとって、その助言はありがたいものだった。

「焦らせたいわけではないんだ。親しくなってから申し込むべきだとも思うからな。ただ、積極的に行く方が絶対いいぞ」

　ヒューバートの真剣な面持(おもも)ちに、ギデオンは深く頷いた。

（確かに、もたもたしている余裕はないな。レリオーズ嬢はあれだけ魅力的な人だ。誰かに奪われる前に、彼女の心を手に入れないと）

　自分がするべき立ち回りを理解したところで、ギデオンはヒューバートに宣言した。

「必ず……彼女を振り向かせます。好きになってもらえるように」

「あぁ、応援している。何かあったら何でも聞いてくれ」

これ以上ない頼もしい言葉に、ギデオンは笑みをこぼすのだった。

公爵様と観劇を楽しんだ翌日。

私は観劇の面白さに触れて更なる興味が生まれていた。

これまでは絶対にボロを出さないようにと、観劇のマナーや歴史などを勉強してきた。

しかし今は、純粋に観劇の演目に興味があって図書室に来ていた。

(公爵様が大団円とか喜劇があるって言ってたんだよな)

本棚を見上げながら、観劇の演目に関する本を探し始めた。

(友人か。それなら私からもどこか誘うべきだよな)

観劇も遠乗りも公爵様に誘われてばかりで、実は自分からも誘いたいと思っていた。

私が知っているのは、公爵様は観劇と乗馬が趣味ということだけだ。

(あとは……甘い物が好きだって言ってたな)

だとすれば、どこに出かけたら喜んでもらえるのだろうと考えようとした瞬間、一冊の題名が目に入った。

「あっ。『ヴィオラの初恋』だ！」

昨日見たばかりで、内容を鮮明に覚えている演目。

思わず手に取ると、近くの椅子に座って読み始めた。

「なになに……『ヴィオラの初恋における評価』なるほど、批評本か」

目次には批評家の名前がずらりと並んでいた。どうやら数人の批評家が、『ヴィオラの初恋』に関して語っているようだった。詳細が載っているページまでめくると、そこには批評家による舞台の評価が点数付きで書かれていた。

「十点満点中三点？　ふざけてんのかこの批評家」

個人的には凄く面白いと思った劇だった。それなのに三点はおかしいと思い、批評欄を見ていく。

「〝ヴィオラはジョンの手を取るべきであった。幸せになれる道が駆け落ちだとわかっていたのに、選択しなかったのは愚かとしかいいようがない〟……何を見てたんだコイツは。ヴィオラは筋を通したんだろうが。これ以上ない生き様だろ。それを愚かって、見る目無いな！」

駄目だ、これを書いた批評家とは感性が合わない。そう判断した私は、本を閉じて別の本を読み始めた。しかし、どの本も基本的に『ヴィオラの初恋』は不評で、私のように褒めている批評家は一人もいなかった。

「……どいつもこいつも話がわからない奴ばっかりだな」

『ヴィオラの初恋』は可哀想になるくらい不評の嵐で、何だか悔しくなってしまった。

「私が批評を書いてやりたいぐらいだ、ヴィオラ……」

どの批評家も似たり寄ったりな意見が多く、読んでいてあまり気分のいいものではなかった。持ってきた本はほとんどが意見の合わない批評本だったので、他の項目を見ずに戻すことにした。

「駄目だな。私に批評本は向いてない」

本と喧嘩しても仕方ないと判断すると、純粋に演目に関して説明されている本を読もうと立ち上がった。持っていた本を戻そうとすると、手から本が滑り落ちてしまった。

「あっ……やったな。……うん？　『ヴィオラの初恋』は素晴らしい……なんだよ！　話のわかる奴もいるんじゃねぇか！」

落とした本は、まだ読んでいない批評本だった。

拾わずにしゃがんだ状態で、夢中になって本を読み始める。膝に手を置きながらページをめくっていると、背後から名前を呼ぶ声が聞こえた。

「アンジェリカ？」

反応してすぐに振り返ると、そこにはクリスタ姉様が立っていた。

「姉様。……どうかされましたか」

（まずい。本を落としたの、見られてたのか……？）

口角が上がっているのに目が笑っていないクリスタ姉様。背筋が寒くなる。

「その体勢は何かしら？」

「え？」

予想していたこととは違う指摘に、驚きながらも自分の体勢を俯瞰して考える。そこで初めて、自分が両膝に手を置きながらヤンキー座りをしていたことに気が付いた。

「何でもないです！」

品のない座り方をしていた事実を消すように、慌てて本を拾って立ち上がる。

（これはまずい場面を姉様に見られたな。すぐに立っておけばよかった）

後悔の気持ちが押し寄せるのには理由がある。既に座り方に関しては注意を受けていたのだ。クリスタ姉様がヤンキー座りを見るのはこれで二度目になる。

「アンジェリカ。もう少し座り方のお勉強をしましょうか」

「うっ……わかりました」

二度目はさすがに見逃してもらえなかった。駄目だとわかっていたはずなのに、つい癖で体が自然にあの体勢を取ってしまった。

（……はぁ。癖なんだよなぁ。意識しても直る気がしねぇ）

一人心の中でため息を吐く。私は批評本を手にしたまま、クリスタ姉様によって淑女教育に連行された。

座り方の指導を一通り受け終えたので退室しようとすれば、クリスタ姉様は私の顔をじっと見つめた。

「まさか、アンジェの友人がアーヴィング公爵様だったとはね」

「えっ⁉」

（ど、ど、どうして姉様がそのことを知ってるんだ⁉）

その瞬間、私は体が冷えていくのがわかった。

「噂というのは流れるのが速いのよ。今日参加したお茶会で、アーヴィング公爵様がアンジェと一緒にいたという話を聞いてね。ただの噂だろうと思ったのだけど、その反応は本当みたいね」

（しまった……やらかした）

クリスタ姉様の誘導に引っかかってしまったと心の中で頭を抱える。

予想外の言葉に動揺してしまい、はぐらかす道が消えてしまった。

（あぁどうしよう。これは間違えて喧嘩を買ったこともバレてるよな……）

何か上手くごまかせないかと探ってみるものの、クリスタ姉様を納得させられる言い訳は思いつかなかった。

「……すみませんでした」

　こうなれば下手に言い訳するよりも、素直に謝る方がいい。クリスタ姉様の逆鱗に触れないためにも、私はすぐさま頭を下げた。

「あら、どうして謝るの？　別に公爵様と交流があることは悪いことではないでしょう」

「えっ」

「まぁ、少しくらい話は聞いておきたかった気持ちもあるけれど……アンジェの人間関係に口を出そうとは思っていないもの」

「そ、そうなんですか」

「もちろん」

　奇跡が起こったのか、私のやらかしはどうやら知られていないようだった。

「それに……アンジェ。私は応援しているわよ」

「えっ、あっ……ありがとうございます」

　普段あまり見ない優しい笑顔を向けられると、却って緊張してしまう。ただ、クリスタ姉様の言葉には嘘がないと感じ取ったので、純粋に喜ぶことにした。

（クリスタ姉様は私と公爵様が友人になるのを、応援してくれるのか……）

　姉公認の友人というのは、少し特別な気がして嬉しくなった。

「アンジェ。今のことでわかったと思うけど、社交界というのは噂が流れるのが本当に速いの。特に劇場は多くの貴族がいたでしょう？　そういう場所では常に誰かに見られていると思って、振る舞いには気をつけるのよ」

「はい。品のある振る舞いを意識します」

確かに昨日は、社交界デビューやパーティーの時とは比べ物にならないくらい視線を感じた。

（そうだ。貴族っていうのは、その場でひそひそするだけじゃなくて、ありとあらゆる場所でその話を広めるんだったな）

これも私が社交界を嫌う理由の一つだ。

（そんなに他人の様子が気になるかねぇ）

自分には一生理解できないと思うのだった。

クリスタ姉様に指導を受けた二日後。

ガーデンパーティーが開かれるので、姉様と一緒に参加することになった。今回はヒューバート殿下の婚約者であるハルスウェル公爵令嬢主催のもので、クリスタ姉様とは旧知の仲とのことだ。

オブタリア王家に王女がいないことで、私達よりも身分が高いご令嬢はハルスウェル公爵令嬢のみだった。このことを踏まえて、クリスタ姉様から基本的に主催以外の令嬢には挨拶は自分からしなくていいと教えられた。

(レリオーズ家は侯爵家。参加者の中でも上の身分なんだよな)

挨拶は身分が下の者から。大事な知識なので、しっかりと頭の中に入れておく。

「姉様。ガーデンパーティーのような令嬢同士の集まりは初めてなんですが、何か気を付けることはありますか」

「そうね……あぁ、今のアンジェは噂の的になっているから、気を付けて」

「噂ですか」

「ええ。きっと観劇のことやアーヴィング公爵様に関して聞かれることがあると思うわ。だけど、悪い噂ではないのだから毅然とした態度でいなさい。嘘を吐く必要はないけど、本当のことを話す義務もないわ。さらりと流すようにね」

「わかりました」

貴族令嬢というのは面白そうな話題に飛びつくものなので、根掘り葉掘り聞いてくる。だからそこに注意しなさいという助言だった。

適当に流すのは得意だ。相手がクリスタ姉様でないのなら、問題なくこなせるだろう。

「あと、周りに噛み付かないようにね」

「え？」

クリスタ姉様は私のことを何だと思っているのだろう。

思いもよらなかった注意に、間の抜けた声で返してしまう。

「いるのよ。悪い噂でも何でもないのに、悪い方向に憶測で物事を語って楽しむ人がね」

「それは舐められているということですか」

「違うわ。だから睨んじゃ駄目よ」

「はい」

クリスタ姉様は私が睨むことを見越して、この注意をしたのかもしれない。

さすがだ。よく妹を理解している。

「舐めているんじゃなくて、ただ自分が楽しんでいるだけ。変なことを言われても無視しなさい。相手にする価値もないわ。……ただ、あまりにも不当なことを言われたら、後で私に教えてちょうだい」

「……わかりました」

そう不敵に微笑む姉様は恐ろしいものだった。

(絶対何かするやつだろ。……怖ぇ。よかった姉で。敵に回したら恐ろしすぎるもんな)

姉様の笑みにどう反応していいかわからなかったが、結局愛想笑いを浮かべることしかできなかった。

注意点をおさらいしていると、会場であるハルスウェル公爵邸に到着した。既に何人もの令嬢方が到着しているようで、いくつかの馬車が並んでいた。

今日は公爵家の広い庭でお茶会が行われるようで、馬車から降りると屋敷に入ることなく庭を進む。

(すげぇ綺麗に花が整えられているな)

色とりどりの花に囲まれた会場は圧巻で、他の令嬢方も見とれているようだった。

「さすが、カトリーナ様ね」

(カトリーナ……今日の主催者の名前だな。カトリーナ・ハルスウェル)

庭園を見て微笑むクリスタ姉様。あの姉様が「さすが」と言うのだ。この庭園は余程凄いのだろうと、改めて実感した。

「さ、アンジェ。主催者に挨拶しに行くわよ」

「はい、姉様」

主催者の下へ向かえば、既に多くの令嬢方に囲まれていた。しかしクリスタ姉様に気が付くと、すぐにこちらに来てくれた。

「クリスタル、来てくれたのね。ありがとう」

「お久しぶりです、カトリーナ様」

「様だなんてやめてちょうだい。私と貴女の仲でしょう」

「そうですか？　主催者へ敬意をと思ったのですが」

「ふふ。それはありがたく受け取るわ」

楽しそうに話すクリスタ姉様を見ると、何だか私まで嬉しくなってしまった。

「カトリーナ。妹を紹介させてください」

クリスタ姉様の視線に頷くと、私はカーテシーをした。

「レリオーズ侯爵家次女、アンジェリカと申します。本日は素敵なお茶会にご招待いただき誠にありがとうございます」

「貴女がアンジェリカさんね。クリスタルから話は聞いているわ。是非楽しんでいって」

「はい」

さすがは公爵令嬢。一つ一つの所作が洗練されており、表情までも上品に感じる微笑みだった。

主催者への挨拶を終えると、クリスタ姉様と私はそれぞれの知り合いの下へ話をしに向かった。

「アンジェリカ様、お久しぶりです」

「お久しぶりです。皆様お元気でしたか？」

クリスタ姉様を見て覚えた、複数人に対する挨拶を真似しながら会話を始めていく。他愛のない話が終わると、クリスタ姉様の予想通り話題は私に関する噂になった。

一人の令嬢が、こちらを窺うようにおずおずと尋ねた。

「あの……私、先日アンジェリカ様が劇場にいらっしゃるのを見て」

「……はい。演劇を見に行きました」

「それで、その。お隣にアーヴィング公爵様がいらしたような気がして……」

(回りくどいな。ハッキリ何が聞きたいのか言ってくれ)

周囲の令嬢もその話題に興味があるのか、こちらをちらちらと見ていた。

「ええ。一緒に観劇を楽しみましたよ」

(別に隠すことでもねぇよな)

クリスタ姉様は本当のことを話す義務はないと言っていたが、これくらいなら言っていいと思った。しかし私の選択が間違っていたのか、令嬢達にどよめきが走る。

「あ…………あの。アンジェリカ様は、アーヴィング公爵様とご婚約なされたんですか？」

「婚約⁉」

予想もしなかった質問に、思わず素で大きな声が出てしまった。

(やべぇ、大きな声出し過ぎた……！)

私は慌ててお淑(しと)やかな雰囲気に戻すと、ニッコリと微笑んだ。

「いいえ。婚約はしていません。ただ、友人として一緒に観劇を楽しんだだけです」

大声をごまかすように、さらりと事実を述べた。

「そ、そうなんですね」

立て直しが効いたのか、令嬢達はどこか納得して安堵している様子だった。わずかに沈黙が生まれたので、私が主導権を握って話題を変更した。

「最近、ますます観劇に興味を持ったんです。よろしかったら、皆さんのおすすめの演目を聞けたらと」

「もちろんです」

どうにか噂に関する話題を終わらせることができた。おすすめの演目を聞いたのは、下手な批評家よりも、同年代の令嬢の方が感性は近いだろうと思ったからだった。

「まず『ヴィオラの初恋』はお止めになった方がよろしいわ」

「ええ。あの作品は少しつまらないもの」

（えっ……令嬢の間でも不評なのか……!?）

予想外の評価に、私は内心かなり動揺していた。聞き間違いなどではなく、その場にいた四人の令嬢は皆口を揃えて「『ヴィオラの初恋』はつまらない」という評価を下した。

（……私の感性がおかしいのか）

少し沈んだ気分になりながらも、令嬢達に教えてもらった演目を頭に叩き込む。おすすめを聞き終えると、私は落ち込んだ気持ちをどうにかするために、一人飲み物を取りに向かった。

「『ヴィオラの初恋』、面白いのになぁ……」

名前も顔も知らない批評家に批判されたのなら文句も言える。しかし、相手は自分よりも観劇を楽しんでいる令嬢方だ。人の価値観はそれぞれというが、あんなにも不評だと知ると、どうしても悲しくなってしまった。

(何か飲んでスッキリしよう！)

ここで落ち込んでも仕方ないのはわかっていたので、何か口にして切り替えようと飲み物が置かれた場所へ近付いた。他の令嬢方はお話に夢中で、このスペースは人気がなかった。

「ごきげんよう」

私が飲み物に手を伸ばそうとした瞬間、柔らかな声が聞こえた。声のした方を振り向くと、そこには美しい青髪の女性が立っていた。

私の真っ赤な髪と対照的なほど、青々とした美しい髪がなびいている。ボリュームを抑えたドレスはスラリとしたシルエットでとても綺麗だった。

にっこりと微笑む姿は、先程のハルスウェル公爵令嬢を思い出させた。

(これは……)

直感で高貴さを感じ取った私は、伸ばしていた手を引っ込めてドレスの裾を摑んだ。

「お初にお目にかかります。レリオーズ侯爵家次女、アンジェリカと申します」

（この人、絶対に偉い人だろ）

カーテシーをしながら自己紹介を済ませると、青髪の女性と向き合った。

「ご丁寧にありがとう。初めまして。ネスロダン国第一王女、ルクレツィアですわ」

（王女……！　よかった、自己紹介しといて）

顔に出さないように、内心ではほっと安堵の息を吐いていた。

「レリオーズ嬢。こちらのイヤリング、貴女のではないかしら？」

差し出された手のひらの上には、見覚えのあるイヤリングがあった。私は慌てて耳に触れる。

「はい、私のものです……！」

「よかった。落とされていたようだから」

王女殿下からイヤリングを受け取ると、私は深々と頭を下げた。

「拾ってくださり、ありがとうございます」

「持ち主が見つかって良かったわ。では、私はこれで」

くるりと踵(きびす)を返してして去っていく所作でさえ品を感じさせる。

（あれが本物のお姫様(ひめさま)か……すげぇな）

少しの間感嘆(かんたん)していたが、手のひらに乗せたイヤリングを耳につけ直す。

（イヤリング……慣れないんだよな。ピアスの方がいいだろ）

耳たぶを挟む感覚は少し苦手なので、侍女達に装着されるたびに内心では嫌だった。

(でも、貴族令嬢がピアスはないな)

想像しただけでも合いそうにない。ふっと小さく笑いながら、私は改めて飲み物に手を伸ばした。飲み終わったところで、見知らぬ令嬢に声をかけられた。

「ごきげんよう」

令嬢の背後には二人ほど立っていた。

「ごきげんよう」

(この人達とは初対面だな。……どこの家の人だろう)

顔を覚える記憶力に関しては自信があるので、淑やかに見えるよう微笑みを浮かべながら一言返した。しかし相手は黙っていて、それ以上喋る気配はなかった。

(もしかして侯爵令嬢か？ってなると同じ爵位ってことだよな。……この場合、私から挨拶すべきなのか？)

詳細までクリスタ姉様から聞いておくべきだったと後悔する。挨拶すべきか少し悩んだのだが、相手の令嬢から品定めをするような嫌な様子を感じ取った。

(……何だかあんまり名乗りたくないな)

これもまた直感だが、あまり好意的な視線には見えなかった。どちらかというと値踏みをするような眼差しに、少しばかり不快感を覚えていた。

　私が黙っていると痺れを切らしたのか、相手は明らかな作り笑顔でこちらを見つめ直した。

「……名前を教えてはいただけないのかしら？」

（……わかったぞ。多分この人は同じ侯爵家だ。その上で私に先に名乗らせようとしている）

　理由はわからないが、相手の思惑に乗りたいとは思わなかった。私は彼女のような明らかな作り笑顔ではなく、先程の王女殿下のような品のある雰囲気を意識して微笑んだ。

「名前を知りたい時は、ご自分から名乗るものでは？」

「!!」

　返答した瞬間、相手の令嬢は大きく目を見開いた。

「姉にそっくりね。いや、それ以上かしら」

「はい？」

　ぼそりと呟かれた言葉は聞き取れなかったものの、あまり良い印象は受けなかった。

「私は貴女に忠告しにきたの。アーヴィング公爵様には、貴女のような令嬢はふさわしくないわ」

（……いきなり何なんだこいつ）

　言っている意味がわからないのと、突然上から目線で忠告されたのが相まって気分が悪くなっていった。

「いい？　わかったらその席を空けることね」

ふんっと見下したかと思えば、言いたいことが言い終わったのか令嬢はその場を去っていった。

（ふさわしくないだの、席を空けろだの……誰が公爵様の友人になろうがあの人に関係ないだろ。わけわかんないな）

不快な感情を抱いたが、それ以上に困惑の方が大きかった。

（というか結局名乗らなかったし。……何だったんだ？）

一人首を傾げていると、後ろから名前を呼ぶ声がした。

「アンジェ……！」

「姉様」

「何もされてない？」

「え？　あぁ、はい」

どうしてそう聞くのだろうと不思議に思いつつもコクりと頷けば、クリスタ姉様はふうっと息を吐いた。

「友人が教えてくれたの。アンジェがヴァネッサに絡まれていると」

（あれは絡まれてるには入らないな。……でも心配してくれたのは嬉しい）

珍しく心配してくれるクリスタ姉様に胸が温かくなりつつも、私は純粋な疑問を返した。

「ヴァネッサという名前なんですか、さっきの人」

「……もしかして彼女、名乗らなかったの？」

「はい。声をかけてきたのは向こうなのに、名を名乗れと言われて。何だか嫌な感じがしたので名乗りませんでした」

「はぁ……相変わらずね。それでいいわ、アンジェ」

肯定してくれるクリスタ姉様だが、表情はどこか曇っていた。

「彼女はヴァネッサ・テイラー。テイラー侯爵家の長女よ」

「……お知り合いなんですか？」

「お知り合い……そうね。親しくはないの。なぜか向こうに意識されているみたいだけど」

「意識、ですか？」

「ええ。ヴァネッサとは同い年でね。昔はよく張り合われたのだけど、今は嫌みを言われるくらいかしら」

（それはつまり……ライバル視ってやつか？）

女同士の戦いのように聞こえた私は、興味を抱いた。

「ただ、どうしてアンジェに接触したかはわからないけど」

(すみません、姉様。私もわかりませんでした)

支離滅裂というわけでもないが、テイラー嬢の言うことは全く理解できなかったのだ。

「ごめんなさいね、アンジェ」

「姉様が謝ることじゃありませんよ。何もなかったので安心してください」

「それなら良かったわ。でもアンジェ。ああいう相手にまで笑顔を向ける必要はないのよ。お淑やかにと言ったけど、誰にでも笑みを向けなくていいの」

「それは……つまり睨めと――」

「睨むのは駄目よ」

私が言い切るよりも前に、姉様は食い気味に否定した。

「……と言いたいところだけど、ああいう相手なら構わないわ。ただ、ほんのりと睨むのよ。嫌悪感を醸し出すくらいでね」

(ほんのり睨むってなんですか姉様。睨むっていうのは、零か百ですよ)

真面目に話を聞いてはいたが、全部は理解しきれなかった。

「嫌悪感……嫌そうな顔をすればいいってことですよね」

「そうね」

つまりは睨まずに表情を作ればいいということだった。

「こんな感じですかね」

私は心底嫌そうな顔を表現した。

頬を引きつらせ、睨む代わりにゴミを見るような目をした。

「……帰ったらあとで表情管理の練習をしましょう。その顔は令嬢らしからぬものよ」

「あ、はい」

どうやらクリスタ姉様には不評のようで、この顔は不採用となった。

「とにかく。アンジェに何事もなくて良かったわ」

「心配してくれてありがとうございます」

安堵の息を吐くクリスタ姉様に感謝を伝えた。その後は、ハルスウェル様と談笑をしながらパーティーの終わりまで過ごした。

# 第四章 待ちに待った遠乗り

遂に公爵様と遠乗りに行く日がやって来た。

パッチリ目が覚めると、私はすぐさまカーテンを開けた。

「おぉ！　絶好の遠乗り日和だ!!」

（こんないい日に、友人と遠乗り……絶対楽しいに決まってる！）

最初こそ勘違いで喧嘩相手だと思っていたけど、彼の意外な優しい一面が今では愛らしくさえ感じる。

（転生してから閉じこもってばかりのつまらない日々だったけど、ようやく私にもダチができたんだ……！）

公爵様を友人認定した私は雲一つない快晴の空を見上げると、一目散にティアラの下へ向かった。いつもよりかなり早く起きたからか、侍女はまだ誰も部屋にいなかった。

「おはようございます、おじょ――」

「おはよう！」

御者や使用人に挨拶を返しながら駆け抜けると、バンッと厩舎の扉を開いた。

「ティアラ！　起きたか‼　今日は遠乗りだ！」

愛馬の下へ直行しながら伝えれば「ヒヒーン！」という高らかな声が返ってきた。

「ははっ、おはようティアラ。今日は楽しもうな！」

嬉しそうにこちらにすり寄ってくれるので、優しく頭を撫でる。自分の身支度がまだ済んでいないが、ティアラの朝のお世話をしていく。ブラッシングまでしていると、厩舎の扉が開く音がした。

「お嬢様！　ここにいらっしゃいましたか」

「レベッカ」

「驚きましたよ。起こしに行こうと思ったらお部屋にいらっしゃらないんですもの」

「悪い。楽しみ過ぎて早く目が覚めたんだ」

「それは何よりです。今までお出かけする日は起こすまで眠っていらっしゃったので」

「あはは……何も言い返せないな」

レベッカの言うことは正しく、思い返せば公爵様と食事に行った日も観劇した日もこの時間は眠っていた気がする。

「本日は乗馬服ですよね。ミーシャがそれでも可能な限り磨き上げると言っていました」

「えっ。今日はよくないか⁉」

「遠乗りとはいえお誘いですので」

「そ、そうか……」

バッサリと言い切られてしまったので、私はティアラに「また後でな」と伝えると渋々レベッカの後をついて行くのだった。

自室に戻り乗馬服に着替えると、ミーシャが高い位置で髪を結んでくれた。前世でいうポニーテールだ。

（やっぱり乗馬服っていいよな！　姉様からもらったスラックスも好きだけど、こっちも特別感があって大好きだ）

身支度が整うと公爵様が来るまで時間があったので、走ってティアラの下へ向かった。

「ティアラ！　お待たせ」

すぐさま駆け寄ると、ティアラはブルッと頷いた。やはりティアラも楽しみにしていたのか、どこかそわそわしているように見えた。

「あ。見てくれティアラ。今日はお揃いなんだ」

そう言いながら、私はティアラに髪の毛を見せた。

「いつも一緒に走る時は下の位置で縛ってるだろ？　今日はポニーテールで高い位置なんだ。ティアラの尻尾とお揃いだな」

満面の笑みでそう語ると、ティアラは嬉しそうにまたブルッと頷いた。意味が通じているかはわからないが、反応してくれるだけで満足だった。

厩舎から屋敷の前まで連れて行くと、クリスタ姉様が玄関の前に立っていた。

「おはよう、アンジェ」

「おはようございます。どうしたんですか？」

「まさか手ぶらで行くつもりじゃないでしょうね？」

クリスタ姉様は肩掛けができる鞄を渡してくれた。

「その中には水筒と食べ物が入っているわ。食事は料理長にお願いして二人分作ってもらったから、公爵様と食べなさい」

「ありがとうございます、姉様。あとで料理長にもお礼を言わないとな……」

早速鞄を肩にかけていると、クリスタ姉様はティアラに近付いてそっと撫でた。

「ごめんなさいね、ティアラ。アンジェに荷物を持たせたから少し重いと思うけど、貴女のお昼ご飯も入れておいたからね」

ここの家に慣れたティアラは、すっかり大人しくなっていた。クリスタ姉様の手にも嫌がらず、お昼という言葉に反応したのか嬉しそうに鳴いた。

「本当だ、ありがとうございます」

鞄の中身を確認すれば、遠乗りに必要な物が全て入っているようだった。

「遠乗りは初めてでしょう？　気を付けるのよ」

「大丈夫ですよ姉様。私とティアラですから」

「……理由になってないけど、不思議な安心感はあるわ」

クスリと笑う姉様を見ることができたところで、屋敷の門が開いたのがわかった。

前回は門の前で待機していたのだが、今回は姉様もいる上にもうこそこそする必要もないので、屋敷の玄関の前で待機していた。

馬に乗った人――公爵様がこちらに向かってくる。

（すげぇ、黒い馬だ‼　後で観察させてもらおう）

黒い馬に乗る銀髪の公爵様。その姿は、とても絵になるものだった。

私達の前までやって来ると、公爵様は馬から下りて私の方に向き合った。

「お待たせしました、レリオーズ嬢」

「屋敷に来ていただきありがとうございます」

「お誘いした以上、当然のことですので」

公爵様は私と挨拶を含めいくつか言葉を交わすと、今度はクリスタ姉様と挨拶を交わした。既に二人は、パーティーで面識があるようだった。

「クリスタル嬢、ご無沙汰しております」

「ごきげんよう、アーヴィング公爵様。本日は妹をよろしくお願いいたします」

頭をぺこりと下げ合う二人を見て、少し遅れて私も頭を下げた。

「早速ですが、もう出発しても大丈夫でしょうか？」

「はい！　よろしくお願いします」

やる気に満ち溢れている私は、即答して頷いた。公爵様もすぐに微笑みを浮かべて頷き返してくれる。

「それでは参りましょう」

こうして、クリスタ姉様に見送られながら遠乗りへと出発した。

今回は初めての遠乗りということもあって、公爵様はほどほどの距離にある場所を選んだとのことだった。目的地は広大な草原で、侯爵邸の裏にあるものとは比べ物にならないほど広く、走り回れるらしい。

（ティアラも楽しめる場所って聞くと、ますます楽しみだな）

レリオーズ侯爵邸の裏にある草原を抜け、森の前に到着すると二頭の馬が並ぶ。公爵様は目的地までの道を説明してくれた。

「この森を抜けると、街が見えます。街の中ではなく、外れにある細道を通りますので、そこは一列で行きましょう。街を抜ければ、広い道になりますのでまた並走して行ければと思っております」

「わかりました」

「街を抜けるまでは、足馴らしも兼ねてゆっくりと走りましょう。その後は少し速く走るというのはいかがでしょうか」

「それがいいです」

「よかった。では、早速参りましょう」

「はい」

コクリと頷いて、まずは森を並走し始めた。緑に囲まれながらも、日の光が差し込んできている。

「レリオーズ嬢は乗馬服のお姿も素敵ですね。以前と比べて凛々しさを感じます」

「本当ですか？　それは嬉しいです」

〝綺麗だ〟〝可愛らしい〟という褒め言葉よりも、〝凛々しい〟という言葉の方が断然嬉しかった。改めて公爵様の乗馬服姿を見る。この人は何を着ても気品が漏れ出る所が純粋に凄いと思う。

「公爵様は何を着ても似合いますね」

「そ、そうでしょうか。ありがとうございます」

少し驚いたように頭を小さく下げる公爵様。

（褒められ慣れてないみたいだな。特に容姿はまだ、気にしてる部分もあるのかな）

前髪を上げるよう助言をしたが、今日の公爵様は以前と同じ髪型で前髪を下ろしたままだった。

「あっ……実は、次の機会に髪を上げようと思って」

「えっ」

私の視線から察したかのように公爵様は自身の前髪に触れた。

「本当は今日、レリオーズ嬢にお見せしたかったのですが、風もそこそこ強いので崩れてしまうかなと思って」

「確かに、それもそうですね」

前髪を上げる挑戦は、崩れない日に持ち越すと言う。いや、良い判断だと思う。

絶対にカッコよくなるという自信があるので、私はにこにこの笑顔を公爵様に向けた。

「公爵様が前髪を上げられる姿、楽しみにしてますね」

「……ありがとうございます」

公爵様が小さく会釈するのと同時に、黒い馬がブルッと鳴いた。

「公爵様の黒い馬、凄くカッコいいですね。なんて名前ですか？」

「シュバルツと言います。子どもの頃につけた名前なので、少し安直ですが」

名前を聞くと、少し前に体勢を倒してシュバルツの方を見た。

「シュバルツ……シュバルツ、今日はよろしくな」

本当は面と向かって挨拶しておきたかったが、走行中なのでひとまずは声をかけるだけになった。体勢を戻したところで話を再開した。

「子どもの頃から一緒に過ごしているんですか？」

「はい。父が誕生日の時にプレゼントしてくれて」

「それは嬉しいですね」

「凄く嬉しくて。今でも初めて出会った日のことを覚えています」

話を聞くと、先代公爵様は無類の乗馬好きなんだそう。今でも先代公爵様とは、時々乗馬に出かけるほど仲が良いのだとか。

「レリオーズ嬢。この子の名前は何と言うんですか？」

「ティアラです。女の子なので、女の子らしい名前を付けました」

「女の子なんですね。とても可愛らしい名前ですね」

名前を教えると、今度は公爵様が少し前かがみになった。

「ティアラさん。今日はよろしくお願いします」

挨拶を終えると、体勢を戻した公爵様がそのまま口を開いた。

「……あの、レリオーズ嬢」

「はい」

公爵様はどこか緊張（きんちょう）した様子で次の言葉を発することを迷っているようだった。その様子を見守ることしかできないが、意を決したような表情になった公爵様は、改めてこちらを見つめた。

「その、もしよろしければ」

「なんでしょうか」

「……呼び方を変えたいなと」

「呼び方ですか」

「はい。お会いして三度目になるので」

（確かに。友人になってるのに、公爵様はなぁ。ダチっていうのは対等なもんだろ？　もう少しラフな呼び方したいよな）

　公爵様の提案には、私も賛成だった。

「いいですね、そうしましょう。どのような呼び方が好みですか？」

「ありがとうございます。できれば、公爵様よりも堅苦しくない呼び方をしていただけると嬉しいなと」

「堅苦しくない呼び方……」

（いや待てよ。本当にそれでいいのか？　相手の家格の方が高いからそこはわきまえるべきだよな。そうなると呼び捨ては駄目だろ？　この場合の最適な呼び方ってなんだ？

……クリスタ姉様に聞いておくべきだったな）

　前世の私だったら、躊躇いなく呼び捨てをしていただろう。ただ今は貴族で、公爵と侯爵令嬢という身分が存在している。友人とはいえ、親しき仲にも礼儀ありだ。失礼にならない上で堅苦しくならない呼び方を摸索する。

（呼び捨ては駄目。公爵様呼びから変えなくちゃいけない……それなら）

結論を出した私は、慎重に公爵様の方を見つめた。

「公爵、ですかね？」

「こ、公爵……」

様を外しただけかもしれないが、少しは親近感が生まれるはずだ。そう考えていたのだが、呼ばれた本人は少し困惑しているようだった。

「す、すみません。何だか部下に呼ばれているようで。団長、じゃないですけど」

（部下かぁ……！　それはダチとは違うな）

公爵様の反応には、凄く納得ができた。

「言われてみれば確かに。すみません、名前呼びは失礼かなと思って」

「いえ！　名前呼びで問題ありません。私の方こそ、伝え方が下手で申し訳ないです」

そう言われてしまえば、答えは一つだった。

「それなら……ギデオン」

自信満々に口角を上げながら呼べば、公爵様は固まってしまった。

どうやら正解を引き当てられなかったようだ。

（これも違うのか……だとしたら何が正解なんだ⁉）

焦り始めた瞬間、公爵様の頬がほんのりと赤くなった。

（まずい。怒らせたか？）

さすがに格上の公爵様相手に、敬称なしは駄目だったかもしれない。

「す、すみません。耐性がないばかりに困惑してしまって」

「いえ、私の方こそ無躾にすみません」

（耐性がないってことは、滅多に呼び捨てされないってことだよな。だとしたらこの呼び方は間違いだ。……うーん。友人らしくて、部下らしくない呼び方かぁ）

（そういえば、ヴィオラは婚約者の名前に様を付ける形で呼んでたよな。お！　これなら普通はどうやって呼ぶのだろうと考えた時、私は『ヴィオラの初恋』を思い出した。失礼にはならないし、ダチっぽいぞ）

答えを見つけると、早速公爵様の目を見た。

「ギデオン様、ではどうでしょう」

「是非。そう呼んでいただけると嬉しいです……では私は、アンジェリカ嬢と」

（よし、正解だ！　ありがとうヴィオラ）

公爵様――ギデオン様の反応を見て、満足した。

アンジェリカ嬢。確かに名前で呼ばれると、印象が変わる。

（うん。名前同士の方が、ダチって感じするよな）

ふっと口元を緩ませていれば、いつの間にか森を抜けて街が見えていた。細道が見えると、ギデオン様がこちらを見た。

「では、ここからは一列になります。先導しますね」

「はい、お願いします」

小さく頷きながら、ティアラに少し止まるよう私は手綱を引いた。ギデオン様が動き出すと、その後ろに付いて細道を走り出す。細道は建物の陰になっている、隠れ道のような場所で気持ちが躍った。

ゆっくりと走るのだから長く感じるものだと思っていたが、時々街が見えて景色を楽しむことができたのであっという間だった。広い道が見えると、ギデオン様が待機してくれていた。

「お疲れ様です。目的地までもう少しかかりますが、当初の予定通りここからは少し足を速めましょうか」

(ついに走りが解禁か……！)

ギデオン様の提案に私はさらに心が躍った。自然と口角が上がってしまうが、それを抑える理由もなかったので笑みをこぼしながら頷いた。

「走りましょう！」

ギデオン様も走るのが楽しみだったのか、微笑みながら頷き返してくれた。

「はい。では行きましょう」

　まるでその言葉が合図のように、私達はスピードを上げた。速く走るとはいえ並走になるので、決して飛び出さず速度はシュバルツに合わせた。

（それにしても、シュバルツもなかなか速いな……！）

　ティアラと競ったらいい勝負になりそうだなと思いながら、広大な自然の中を駆け抜けていった。風を切りながら長い距離を走り続けるのは爽快で、屋敷の裏にある草原では体験できないことだった。

「アンジェリカ嬢、速度は問題ないですか？」

「はい、凄く楽しいです！」

　こちらを気遣う余裕がある辺り、まだまだシュバルツは速く走れそうだ。それでも今はこの速さが心地よく、ギデオン様と並走していることが楽しかった。

（やっぱり並走っていいよな……！）

　今日はずっと口角が緩みっぱなしだが、それほどまでに楽しく気分が上がっていた。ティアラもきっと同じ気持ちで、走る速度は一度も緩まなかった。

　一本道を走りきると、何やら建物が見えてきた。

「アンジェリカ嬢、あれが本日の目的地です」

「ここですか……！」

　建物の正体は小屋で、近付けばそれが厩舎だとわかった。

厩舎の奥には、人が休めるように整えられたスペースがあり、木陰や川も見えた。進んでいくと、たくさん馬がいるのが見えた。その中でも、柵を跳んでいる馬が目に入った。

「あれは何でしょうか？」

「馬術をするための施設ですね。隣国発祥の競技で、我が国でも挑戦する人が多いんです」

「馬術」

馬は柵を軽々と越えており、非常に綺麗なフォームだった。

（凄いな。馬術って馬の障害物走みたいなことか？　馬は走るだけじゃないんだな……）

感心しながら眺めていると、ギデオン様が一つ提案してくれた。

「後でゆっくり見てみますか？　ここは馬術の大会に向けて、練習も行っていますので」

「いいんですか？」

「もちろんですよ。ですがまずはお昼にしませんか？　お疲れだと思いますので」

「そうしましょう」

馬術を見るのは後にして、ひとまずは昼食を取りながら休むことにした。木陰の方に向かうと、私達はそれぞれ馬から下りた。

「ティアラ、お疲れ様。今ご飯用意するからな」

長い距離を走らせたこともあって、まずは馬への食事を先にすることにした。クリスタ

姉様が持たせてくれた食事を取り出してティアラに食べさせる。

(いい食いっぷりだな)

ティアラの食事が終わると、シュバルツの方を見る。すると、既に食事を与え終えていたギデオン様が持参したシートを敷いてくれていた。

「アンジェリカ嬢、よろしければここに」

「ありがとうございます」

ティアラを撫でながら「私も食べてくる」と伝えると、ギデオン様の方へ近付いた。

「ギデオン様、二人分の昼食を持ってきたのですが」

「そうなのですか……! 実は私も持ってきていまして」

「本当ですか」

「すみません、先にお伝えするべきでした」

「いえ、多いに越したことはないですよ。両方食べましょう」

「それもそうですね」

私達はお互い二人分の食事を出しながら、昼食を始めた。

料理長が用意してくれたのはベーグルサンドだった。種類が豊富で、トマトやレタスが挟まった野菜中心のものもあれば、ベリーやはちみつなどの甘いものまで入っていた。

(さすが料理長だな)

一つのランチボックスにまとめられていたので、取り出して二人の間に置く。

「ベーグルサンドですね。とても美味しそうです」

「料理長の腕前は、毎日食べている私が保証します」

「それは楽しみです」

私はベーグルサンドの種類を簡潔に説明した。

「甘いものまであるんですね」

「はい。……あっ、お好きでしたよね？　よろしかったら食べてください」

「ありがとうございます。……それにしても良かったです、被らなかったので」

今度はギデオン様がバッグの中から昼食を取り出した。個包装されているようで、形は長方形だった。

（サンドイッチかな？　……それにしては少し小さい気がする）

見た目だけで何か当てようとしていると、ギデオン様が一つ取って包装を開けて見せた。

「ミートパイです」

「ミートパイ……！」

「肉料理がお好きだと聞いていたので」

「最高です。ありがとうございます」

（嬉しいなぁ！　覚えてくれてたのか）

　実は自分の昼食を見た時、ベーグルサンドに肉が挟(はさ)まっているものがなくベジタブルなラインナップだったので、ほんの少しだけ残念に思っていた。料理長が作るものは何でも美味しいとわかっているが、肉が食べたいのも本心だった。

「我が家の料理長の腕前も素晴(すば)らしいものですので、よろしかったら」

「ありがたくいただきます」

　感動しながら、ギデオン様からミートパイをもらう。

「ギデオン様は何から食べますか？」

「それでは、トマトの入ったものをいただいても？」

「甘いものじゃなくていいんですか？」

「そちらはデザート代わりにしようかと思いまして」

「それは名案ですね」

　私達はそれぞれが持ってきたものを交換(こうかん)する形で手に取った。早速ミートパイを口にすると、あまりの美味しさに驚いてしまう。

「‼」

（何だこれ、美味しすぎる。思わず、美味(うま)いって言うところだった……危ない）

　手にしたミートパイを凝視(ぎょうし)しながら、口の中で味わう。味付けが好みな上に、具材は肉を邪魔(じゃま)しない程度の大きさでちょうどよい食感だった。

「ギデオン様、このミートパイ美味しすぎます」

「お口に合ってよかったです。こちらのベーグルサンドも、非常に美味しいです」

「よかった。どんどん食べてください」

「アンジェリカ嬢も」

お互いに遠慮せずに食べる空気ができた結果、私はベーグルサンドよりもミートパイの方を多く食べていた。

私達は昼食を食べ終わると、片づけを済ませて予定通り馬術を見に行くことにした。

ティアラとシュバルツには少し木陰で休んでもらうことにして、私達は二人で移動し始めた。

「アンジェリカ嬢」

「ありがとうございます」

さっと差し出された手に、自分の手を重ねる。乗馬服でエスコートされるのは少し不思議な感覚だ。

馬術のエリアに近付くと、既に誰かが練習をしているようで、馬が美しく柵を飛び越えていた。馬に乗っているのは女性のようで、帽子から出ている髪の毛に視線が移った。

（綺麗な青い髪だな……）

そういえば以前にも似たような髪を見たなと思っていると、ギデオン様の足が止まった。

「ギデオン！」

（……この人もどこかで見たことがあるな）

目の前にいる男性は、ギデオン様と目が合うと嬉しそうに微笑んだ。

その男性に対して、ギデオン様は軽く頭を下げた。

「ヒューバート殿下」

（殿下？　ってことは王族だよな）

私は失礼のないようにと切り替えながら、背筋を伸ばした。

「まさかここでお会いするとは思いませんでした」

「あぁ。俺も驚いてる」

口ぶりや様子を見る限り、二人は親しい間柄のような気がした。何よりも、ヒューバート殿下はしっかりとギデオン様の目を見て話していたのだ。

「君がレリオーズ嬢かな？」

「はい。レリオーズ侯爵家次女、アンジェリカと申します」

どんな時でもカーテシーは丁寧にというクリスタ姉様の教えを思い出しながら、焦らずに挨拶をこなした。

「オブタリア王国第一王子ヒューバートだ。ギデオンとは長い付き合いなんだ。よろしく」

「よろしくお願いします」

（なるほど、二人は友人なんだな）

長い付き合いという言葉に納得できる程、二人の雰囲気はかなり親し気なものだった。

「殿下はどうしてこちらに？　まさかとは思いますが」

「誤解だ。決して予定を合わせたわけじゃない」

「そうですか」

「あぁ。今日は外交の一つでな。俺は乗馬というよりも馬術関連で来たんだ」

殿下はそのまま視線を、馬術エリアに向けた。

すると、先程まで美しい動きをしていた青髪の女性がこちらに近付いてきた。

近くで見た瞬間、私はその人物が誰か思い出した。

（この人……ハルスウェル公爵令嬢主催のお茶会で、イヤリングを拾ってくれた人だよな）

名はルクレツィア。確かネスロダンという国の王女だったはずだ。

「ヒューバート殿下。お知り合いですか？」

「はい、友人です。よろしければ紹介を――」

「アーヴィング公爵……！」

王女様は突如、殿下の言葉を遮ってギデオン様の名前を口にした。

（……知り合いなのか？）

驚きながら様子を窺えば、ギデオン様は少し困惑した表情をしていた。

「ルクレツィア王女。ギデオンとはお知り合いでしたか？」

「いえ、わたくしが一方的に知っているだけなのですが」

「でしたら紹介を」

殿下によって、ギデオン様と私が紹介された。

「レリオーズ嬢……確かお茶会でお会いしましたよね？」

「はい。その節はありがとうございました」

「お役に立てたみたいで良かったわ」

ふふっと微笑む姿はとても可憐で、非常に気品のある方だった。

「それで、ルクレツィア王女。ギデオンをどこで知ったのですか？」

「実は先日、アーヴィング公爵に男性に絡まれていたところを助けていただいたんです」

「…………あぁ、あの時の」

どうやらギデオン様には身に覚えがあるようだった。

「覚えていらっしゃいますか……！　わたくし、ずっとお礼が言いたくて。助けてくださり、本当にありがとうございました」

「大したことはしていません」

「そんなことはありません……！　王都でお忍びで観光を楽しんでいたのですけど、従者とはぐれてしまいまして。そんな時に男性三人に囲まれて困っていたのです。わたくし一人では何もできませんでしたわ」

「ギデオン。俺からも礼を言わせてくれ。ルクレツィア王女を助けてくれてありがとう」

「もったいないお言葉です」

王女殿下の話を聞く限り、三人の男にギデオン様は立ち向かったということになる。

(それはカッコいいな)

新たなギデオン様の一面を聞くと、私は一人感心していた。

しっかりと頭を下げながらお礼を受け取るギデオン様。王女様は嬉しそうに笑みを深めていた。

「アーヴィング公爵……レリオーズ嬢。この後ここで馬術の大会があって、わたくしも参加するんです。よろしかったら見ていかれませんか？」

王女殿下からのお誘いとなれば、断りにくいものだ。ただ、幸いなことに私は馬術を見ることに興味があった。

元々この後は、馬術を見てみようという流れだったので、問題なく頷いた。

「お誘いいただきありがとうございます。では、見学させていただきます」

「よろしくお願いします」

ギデオン様が礼を取るのに続いて、私も王女殿下にカーテシーをした。

「ふふっ。頑張ります」

こうして私達は、王女殿下の馬術を見学することになった。

王女殿下とヒューバート殿下は準備があるため、会場に向かった。

私達は大会を観戦できる場所で待機していた。

「それにしても凄いですね。王女殿下の危機を救われたなんて」

「本当に大したことはしていないんです。絡んでいた男性を睨んだだけで」

「睨んだだけで追っ払ったんですか……!?　それは凄い」

「あ、ありがとうございます……」

謙遜するような反応を見せるギデオン様。

待ち時間の間、二人で談笑を楽しんでいると、殿下が慌てた様子でこちらに来た。

「すまない。ギデオン、馬術の大会に出られるか？」

「私がですか？」

「あぁ。男性の部の方が三人も欠場してしまったんだ。このままやってもいいんだが……正直、盛り上がりに欠けるのではないかと懸念してな」

確かに競技者が少ないと、すぐに大会は終わってしまうだろう。

深刻そうな事態だと感じていれば、ギデオン様はただ戸惑っていた。

（……もしかして、一緒に観戦できなくなると私に気を遣ってるのか？　それなら気にしなくていいのに。私はむしろギデオン様の馬術が見たいくらいだ）

　私は二人の会話にそっと割って入った。

「観戦のことならお気になさらないでください。むしろ私は、ギデオン様の馬術を見てみたいです。もしよろしければ、出場してみるのはいかがですか？」

　提案するように口を挟んだ。すると、少し悩んだ後、ギデオン様は答えを出した。

「そうですね……あまり馬術は得意ではないのですが、それでもよければ」

「もちろんだ。レリオーズ嬢、すまない。ギデオンを借りるよ」

　こうしてギデオン様は馬術の大会に飛び入り参加することになったので、シュバルツの下に向かうことになった。私も同行して、ティアラを迎えに行く。

「馬術の経験はどれくらいあるんですか？」

「そこまでないんです。シュバルツは馬術よりは、乗馬の方が好みみたいで。私自身も、自由に伸び伸びと走る方が好きなんです」

「わかります。風を切って走り続けるのって、気持ちがいいですよね」

　うんうんと頷きながら、私とティアラも同じような気がした。

（ティアラも馬術より、乗馬の方が好きだろうな）

　元々暴れ馬だったこともあるので、障害物があっても突っ込んでいくスタイルに思えた。

「あ……それなら私、余計なことをしてしまった気が」

「いえ！　馬術が嫌いという訳ではないので。むしろ久しぶりに体験できるのでとても楽しみです。背中を押してくださり、ありがとうございます」

「それなら……よかったです」

気を遣わせてしまったような気がして申し訳なくなったが、ギデオン様の優しさが嬉しかった。

「どれくらいできるかは未知数なんですが、全力で頑張ってみます」

「応援してます！」

ギデオン様を送り出すと、私はティアラと一緒に会場へと戻った。

殿下に確認したところ、馬と一緒に観戦することは何も問題ないということだったので、元居た場所に並んで見ることにした。

「始まった！」

大会は女性の部と男性の部に分かれていて、先に女性の部から開始された。今回は主に障害物を越えられるか競う障害馬術と、馬の演技の美しさを競う馬場馬術を合わせた内容だった。

「すげぇ……！」

参加者のどの女性の馬術も上手で、素人目にはどこに差があるのかわからなかった。

（来た、ルクレツィア王女の番だ）

あっという間に女性の部の最後の参加者である、王女殿下の出番となった。

開始の合図が鳴ると、王女殿下の馬がすぐに動き出した。

その動きは非常に洗練されていて、王女殿下に負けず劣らずの気品が感じられた。

（これは素人目にも、格が違うとわかるな……）

その後も障害物を軽々と優雅に飛び越えていき、失敗することなく終えていた。

王女殿下の演技が終了すると、会場内からは一番の拍手が送られた。

女性の部がルクレツィア王女の優勝で幕を閉じると、男性の部の準備が始まった。

「なぁティアラ。もう少し近くで見てみよう」

今の場所でも十分よく見えるのだが、せっかくギデオン様が参加するのだ。より良い場所で観戦したかった。

（ギデオン様もシュバルツも頑張れ……！）

念を送っていると、すぐにギデオン様の順番になった。

「ティアラ、来たぞ！」

出番が来たことを教えれば、ティアラも嬉しそうに鳴いた。どうやらシュバルツのことを認識しているようだった。

（凄いな。他の選手と遜色ない美しい立ち姿だ）

シュバルツは乗馬の方が好きだと聞いていたが、意外にも大人しくゆっくりとした動きで登場していた。

開始の合図が鳴ると、すぐにギデオン様とシュバルツは動き出した。

元気に駆け抜けているイメージが消えるほど、シュバルツの動きは一つ一つ丁寧なものだった。

（シュバルツ……！　お前そんな動きもできるのか……!!）

私は感動しながら、ギデオン様とシュバルツを応援した。

美しい動きを終えると、そのまま障害物を飛び越える番になった。

（ちょっと高いよな……大丈夫かな）

女性の部の時よりも、高くなっていた障害物。ギデオン様とシュバルツが成功しますようにと願いながら見ていれば、シュバルツは他の馬よりも少し長めに助走距離を取っていた。すると、ギデオン様の合図でシュバルツは思い切り走り出した。

「シュバルツ、今だ！」

ギデオン様の声と共に、シュバルツは大きく飛び上がった。綺麗に飛び越える姿は迫力満点で、とても凛々しかった。

（カッコよすぎる……！）

ギデオン様の動きは、非常に洗練されていて、他のどの参加者よりも圧倒的に雰囲気があった。無事成功し、やり切った姿に私はすぐさま拍手を送った。

（ギデオン様、最高でしたよ！）

そう讃えていると、ギデオン様は私の方を振り向いた。そして私を見つけたようで、目がバッチリ合うと、彼は嬉しそうな笑みをこぼした。

「‼」

その笑顔が眩しくて、カッコよくて。

なぜか、不思議と私の鼓動が不規則に跳ねた。

（な、なんだこれ……）

よくわからない感情になりながら、ギデオン様に手を振り返した。

こうしてギデオン様の出番は終わったのだが、私は興奮からか鼓動が速くなったままだった。

（凄かったな……）

黒い馬が大きく飛び越える姿が脳裏に焼きついていた。ギデオン様の立ち振る舞いが、優雅な雰囲気として完成されているので、個人的に素晴らしい出来栄えだと思う。

男性の部の結果をティアラと待っていると、突如名前を呼ばれた。

「レリオーズ嬢」

「‼　王女殿下」

慌てて立ち上がると、王女殿下は微笑まれた。

「そのままで大丈夫よ」

「いえ……あ。とても素敵な馬術でした。優勝おめでとうございます」

「ありがとう。アーヴィング公爵も出場されていたわね」

「はい。欠場者が多かったようで、ヒューバート殿下に声をかけられて、急遽参加されました」

「そう」

優勝した人とは思えないほど、どこか残念そうな表情になる王女殿下。

「……ねぇ、レリオーズ嬢。一つお聞きしてもよいかしら？」

「はい」

王女殿下が私に質問だなんて、一体何だろう。

ごくりと唾を飲み込むと、肩に力が入ってしまった。

「レリオーズ嬢は、アーヴィング公爵のことをお慕いしているのかしら」

「………え？」

予想もしなかった質問に、私は固まってしまった。

「今日、お二人で乗馬をされにここに来たでしょう？　だからどのような関係なのか気になって」

それに答えるのなら、迷いなく〝友人〟だ。しかし、なぜかその言葉がスッと出てこなかった。

(友人、だよな。……でも、どうしてかさっきの笑顔が頭から離れない)

思い出されるのは、先程の自分。ギデオン様が無事馬術を成功させた時に私を見てくれたことが、気になって仕方なかった。声が喉の奥に詰まってしまった感覚に陥る。

「あ……」

ようやく声を出せたものの、答えることまではできなかった。

「……わからない、が答えみたいね」

困ったように笑う王女殿下は、ゆっくりと、瞬きをして私を見つめた。

「貴女がライバルにならないことを願うわ、レリオーズ嬢」

(ライバル……？)

王女殿下の言葉の意味がわからず、私はただひたすら困惑するしかなかった。

「それだけ伝えたかったの。ではごきげんよう」

私が理解するのを待つことなく、王女殿下はその場を去っていった。

残された私の頭の上には大きな疑問符が浮かんでいたが、考えを整理しようとした瞬間、男性の部の結果発表が始まってしまった。

「ギデオン様は？」

なんと、見事にギデオン様は優勝を勝ち取った。

「すげぇ……！　ティアラやったぞ！　ギデオン様優勝だ！」

私が一人はしゃぐようにティアラを見れば、ティアラも喜んでくれた気がした。

結果発表が終わると、すぐにギデオン様がシュバルツと一緒に戻って来た。

「お疲れ様です、ギデオン様。優勝おめでとうございます！」

「ありがとうございます。まさか優勝できるとは思っていなかったんですが……嬉しいですね」

「私個人としても納得の一位ですよ。本当に品があって、でも迫力もあったので。一秒たりとも目が離せませんでした」

「本当ですか？　アンジェリカ嬢に褒めていただけるだけで、大会に出た甲斐があったと思えます」

「本当ですよ。とても馬術の経験が浅いようには見えませんでしたよ」

「背伸びして挑んだので……ですが、アンジェリカ嬢に楽しんでいただけて良かったです」

満足そうに口元を緩めるギデオン様に、私も嬉しくなって笑みをこぼした。

（あれ？　……なんだかまた、妙に嬉しくなっている気が）

先程感じた不思議な心情が、再び現れているようだった。

「よい時間ですので、そろそろ帰りましょう」

「そうですね」

大会を最後に、私達は帰路に就くことにした。ティアラは体力があり余っているのか、ペースを落とすことなく走り続けてくれた。並走したり、後ろを走ったりしたが、間違いなく行きよりはギデオン様と親交が深まったと思う。

屋敷が近付いてくると、名残惜しさを感じ始めた。

（……まだギデオン様と走りたい）

決して消化不良でも、走り足りないわけでもない。ただ、離れがたいと思ってしまったのだ。今までは別れに躊躇いを感じることはなかったのに、今日はもっと一緒に居たいという気持ちが生まれていた。ただ、自分でもその理由はわからなかった。

そして屋敷に到着すると、私はすぐにギデオン様へ尋ねた。

「ギデオン様。次は私からお誘いしてもよいですか」

これを聞くのは早かったのか、ギデオン様は少し驚いたように目を丸くしていた。

（しまった。お疲れ様でした、とかが先だったかな）

先走り過ぎたかと不安になっていれば、ギデオン様は口元を緩めながら答えてくれた。

「もちろん。お待ちしていますね」

答えをもらい「お疲れ様でした」等の言葉を交わすと、そのまま解散となった。

「それではアンジェリカ嬢。また、お会いしましょう」

「はい。また」

ギデオン様の背中が屋敷の外へと見えなくなるまで見送った。

(……今までで一番楽しい一日だったな)

濃い時間だったのと同時に、満たされた一日でもあった。

今度は自分が誘うと宣言したはいいが、まだ何も予定は決まっていなかった。

(どこがいいかな……でも、ギデオン様とならどこでも楽しそうだ)

私は上機嫌で、屋敷の中へと入るのだった。

# 第五章　交錯する思い

遠乗りに出かけた翌日。

まずはお誘いではなく、感謝の手紙を書いていた。

「……三枚は多いか？」

今までで一番楽しかったお出かけということもあり、感想をつらつらと書いてしまった。気が付けば便箋は三枚になっていて、感謝の手紙としては長すぎるかもしれないという不安が過った。

「多すぎることはないと思いますよ。手紙というのは気持ちですから」

「そっか……ならこれでいこう」

ドーラの助言を参考に、最後はまた遠乗りに行きたいという言葉で締めた。書き終えた手紙はドーラに渡して、一息つくことにした。

（……それにしても、王女殿下の言っていたライバルって一体何だったんだ？）

あの時理解できなかった言葉は、一日経ってもわからなかった。

（若干敵意を感じたんだよな……でもそうか、ライバルってなったら敵だもんな）

さすがに王女殿下の喧嘩を買うのはまずいだろう。

ただ、ギデオン様の時と違って、どうして喧嘩を売られているのか、そもそも喧嘩を売られているのかすらわからなかった。

(馬術のライバルでもないしな)

デスクに視線を落として考えてみるが、やはり答えは見つかりそうになかった。

「お嬢様。明日のパーティーはどのドレスにされますか?」

「……パーティー?」

レベッカに話を振られたが、明日パーティーがあるという話は初耳である。

「はい。それと三週間後の話にはなりますが、建国祭のドレスもそろそろ注文しなくては」

「……建国祭?」

またも初耳な話をされて、私は首を傾げてしまった。

「そんな話、聞いたことがないんだが」

「パーティーに関してはハルスウェル公爵令嬢様のお茶会の時に約束を、建国祭に関しては淑女教育で学ばれたはずですよ」

「!!」

私が大きく目を見開くと、レベッカは残念な子を見る目で私を見た。

「お嬢様。淑女教育はさておき、ハルスウェル公爵家主催のパーティーに関しては、口頭でお誘いを受けたはずですよ。招待状のお返事はクリスタルお嬢様が全てまとめておこないましたが、招待状自体はお渡ししましたよね」

そういえばそんな話をした気もするし、招待状も渡された気がする。

恐る恐る自分のデスクの上に積まれた封筒に視線を向けた。そこにはギデオン様からもらった果たし状もといお誘いの手紙やお礼の手紙が置いてあった。そっとそれを一枚ずつ確認する。

（……これか‼）

バッとレベッカに招待状を見せれば、こくりと頷かれた。

「そういうことですので、明日はパーティーですよ」

「ハルスウェル公爵家主催となれば、かなり大きなパーティーになるはずです。人が多く集まるなら賑やかになりそうですね」

楽しそうな声色でミーシャが招待状を眺めていた。

「息苦しいの間違いだと思うぞ」

「お嬢様、声に出てますよ」

「うん。でも本心だからな」

（今はクリスタ姉様いないしな！）

ははっと乾いた声でミーシャに返したが、あることに気が付いた。

（待てよ……多くの人が参加するってことは、もしかしてギデオン様もか？）

今はまだ感謝の手紙を送っただけで、お誘いができていない状況だが、またすぐに会えると思えば、嬉しくて仕方なかった。

「あら。お嬢様が笑顔に……どうされたんですかね、レベッカさん」

「きっとご馳走が豪華なことを想像して、喜んでらっしゃるのよ。楽しみが見つかって何よりです」

「レベッカは私のことなんだと思ってるんだ」

「正解だと思ったんですが違いましたか？　クリスタルお嬢様から、社交界デビューのパーティーで美味しそうに食べていたというお話をお聞きしましたので」

それは事実なのだが、いつの間にかレベッカがクリスタ姉様から私の話を色々聞いていることに若干の恐怖を抱いた。

「美味しかったからな……食べて後悔はしてない」

「それは良かったです」

今はご馳走よりもギデオン様に会えることの方が楽しみだったが、わざわざ訂正しようとは思わなかった。

そして、パーティーに関する話をした後、着ていくドレスを選ぶのだった。

翌日の夕方。

私はハルスウェル公爵邸を訪れていた。

ここに来るのは二回目だが、屋敷の中に入るのは初めてのことだった。

今回は家族全員が参加するパーティーなので、両親も同じ馬車に乗っていた。母様は父様のエスコートを受けながら、私と姉様の前を歩いている。

「姉様は何度か入られたことがあるんですか？」

「ええ。とても広いお屋敷だから、迷子にならないようにね」

「肝に銘じます」

こくりと頷くと、両親の後についてパーティー会場に足を踏み入れた。

主催者であるハルスウェル公爵夫妻に挨拶を済ませると、その後はクリスタ姉様と一緒にハルスウェル公爵令嬢に挨拶をした。

「アンジェ。この後は自由行動だけど、気を抜かないようにね」

「もちろんです。姉様もお気をつけて」

「ええ、ありがとう」

クリスタ姉様と別れると、私はギデオン様を探し始めた。

きょろきょろと辺りを見回すものの、それらしき人は見当たらなかった。

（駄目だ。人が多すぎる）

ギデオン様の銀髪は目立つのですぐ見つかると思ったのだが、そう簡単にはいかなかった。顔見知りの令嬢何人かと挨拶をしながら探していたのだが、まだ見つからなかった。

（会場が広いからな……これ、運が悪かったら会えないかもしれないな）

もしかしたらギデオン様も私を探しているかもしれない。そうなると、二人とも動いていることになる。これだとお互いの姿を永遠に視認できないと思ったのだ。

（よし。一旦大人しく待ってみよう）

動くのをやめて、壁の方で待機してみることにした。

視界に入る場所だけにはなるが、再びギデオン様を探し始めた。すると、いきなり視界を遮って男性が前に現れた。

「アンジェリカ・レリオーズ嬢ですね？」

「……何かご用でしょうか」

「ダンスのお誘いありがとうございます。是非お受けします」

「はい？」

名乗りもしないでなんなんだと思っていれば、男性は訳のわからないことを言い始めた。

「さぁ、曲が始まりますよ。行きましょう」

「ちょっと、何するんですか」

さっと手を取られたので、反射的に振り払った。

「緊張されているんですね？　大丈夫ですよ。私、ダンスは上手い方なので」

「だから何言って……」

気味の悪い男は、今度は私の腕を掴んで強引に移動しようとした。

（何なんだこいつ。意味わかんねぇ）

振りほどこうとしたが、先程と違って強い力で掴まれてしまった。

「あの、ダンスの誘いなんてしていません」

「恥ずかしがらなくていいんですよ。ご友人からお聞きしましたから」

「はぁ？」

友人。

私の友人は、ギデオン様一人だ。けれども、彼がそんなおかしなことをするとは到底思えない。

「同じ侯爵家同士、仲良くしましょう」

（てか侯爵令息だったのかよ。それも知らなかったわ）

訳がわからない状況に困惑しながらも、目の前の侯爵令息が私と踊りたがっているというのは理解できた。

（ダンスか……悪いな、初めてのダンスはギデオン様とって決めてんだ）

社交界デビューでも踊ることがなかったが、せっかく親しい友人ができたのだ。初めて踊るのなら、相手は知らない奴よりもギデオン様がよかった。

しかし、侯爵令息は未だに手を掴んだままだった。放せと言っても聞く耳を持たないので、人に見られないうちに腹パンでもしようかと考えた。

（いや駄目だ。今の私じゃ、弱々しいパンチにしかならねぇ……）

男性に比べて力が弱いことは、ギデオン様との握力勝負で証明済みだった。

「さ、行きましょう」

「ふざけ――」

ふざけんなてめぇ！

思わず口が滑りそうになった、その時だった。

「彼女の手を放せ」

「ギデオン様……！」

「大丈夫ですか、アンジェリカ嬢」

ギデオン様は私の背後から手を伸ばすと、私に代わって男性の手を振りほどいてくれた。

「ア、アーヴィング公爵。彼女は私のパートナーで」

「何を言っているんだ？　アンジェリカ嬢は私のパートナーだ」

実際はパートナーではないので、助けるために嘘をついてくれているのだとわかった。

「そ、そんな馬鹿な」

「人のパートナーを無理やりダンスに誘うことは、許されないと思うが」

「ち、違います！　レリオーズ嬢が私を誘っていると聞いて……！」

「私は貴方をお誘いしていません」

「た、大変失礼しました……！」

侯爵令息は、状況的に自分が不利だと判断したのか、頭を下げて逃げるように去っていった。

「お怪我はありませんか」

「はい、問題な──」

ギデオン様にお礼を言おうと振り向けば、そこにはいつもと違う、前髪をかき上げた状態の彼がいた。

「ア、アンジェリカ嬢？」

「……とてもよく似合ってます」

「あ……ありがとうございます。今日ならお見せできると思いまして」

「凄く素敵です」

やはり眉毛の力は偉大なもので、顔がハッキリと見れるようになったギデオン様からは、以前よりも圧を感じなくなっていた。

「アンジェリカ嬢。腕が赤くなっています」

「あ……大丈夫ですよ、時間が経てば治ると思うので」

「いえ。そういう訳にはいきません。冷やしに行きましょう」

ギデオン様はすぐにエスコートの手を差し出した。その手は優しく温かなものだった。

「はい」

ギデオン様の案内で、会場の隅(すみ)にある椅子(いす)に並んで座った。彼は近くにいた使用人に冷やすものを持って来るよう頼(たの)んだ。冷えたハンカチを受け取ると、ギデオン様は私の腕にそっと押し当ててくれた。

「ありがとうございます」

「あざにならないといいんですが」

心配そうに腕を見るギデオン様。

「アンジェリカ嬢。あの男性と面識はおありですか？」

「いえ。初めて会いました。名前も知らないのですが、なぜか私があの人を誘ったことになっていて」

「誰(だれ)かが嘘を吹(ふ)き込んだみたいですね」

そんな悪質なことがあるのだろうかと思う反面、私は知らないうちに誰かの恨(うら)みを買ってしまっているのだろうと思った。

（一体誰がこんなこと……）

思い当たる節がないので、頭を悩ませた。

「アンジェリカ嬢。本日のパーティーは私が隣にいてもよろしいでしょうか」

「……え？」

「パートナーとして同行を申し込んだ訳ではありませんが、今日は私を頼ってください」

優しい声色と微笑みが私の心を揺らした。

（まだ……あの時みたいに、鼓動が速い）

ギデオン様の提案が嬉しいからか、少し恥ずかしくなってしまった。

「よいのでしょうか」

「もちろんです」

「……では、お言葉に甘えて」

自分の心の中に、嬉しさが広がったのがわかった。

一緒にいることが決まると沈黙が流れたが、ギデオン様がすぐに話題を振ってくれた。

「……アンジェリカ嬢、手紙を送ってくださりありがとうございます。今日届きまして、来る前に読みました」

「もう読まれたんですか？」

「はい。嬉しかったので。返事はまだ書けていないのですが、帰宅次第書こうかと」

「ゆっくりで大丈夫ですよ」

「いえ。私がすぐ書きたいので」

早く手紙を書きたいギデオン様。

想像してみると、何だか面白くて可愛らしかった。

「あ……すみません。お誘いの手紙がまだ送れていなくて」

「それこそゆっくりでいいですよ」

ギデオン様の秀逸な返しに、くすりと笑みがこぼれる。

「ギデオン様となら、どこに行っても楽しそうだと思うと迷ってしまって。贅沢な悩みだとは思うんですが」

「それは最上級の褒め言葉ですね。ありがとうございます。私もアンジェリカ嬢となら何をしても楽しいと思います」

一緒にいて楽しい相手。

お互いの認識が合っているのだと思うと、かなり嬉しかった。

「いっそのこと、行きたい所全部に行きませんか？」

「全部ですか？」

「アンジェリカ嬢となら、毎日一緒にいたいくらいなので」

「えっ」

今までの私なら、友人だもんなとその気持ちに共感できていた。しかし、今の私はどこかおかしいのか、鼓動が大きく跳ね上がってしまった。

私が上手く反応できなかったせいか、沈黙が流れてしまった。

「……喉は渇いていませんか？」

「か、渇いてます」

「で、では取ってきますね。すぐ戻りますので」

気まずくなった空気をギデオン様も感じたのか、動揺した様子で席を離れていった。

（毎日一緒にいたい……それってどういう意味なんだ……!?）

ギデオン様がいなくなってから、ようやく私は言葉の意図を考えられるようになった。

（いや、ギデオン様は私のこと友人だと思ってるだろ？　だとしたら、何もおかしな発言じゃないだろ……多分）

まだ鼓動が落ち着きそうになかったので、深呼吸をすることにした。

（……でも、ギデオン様がいてくれるパーティーは、悪くないな）

社交界に縛られたくなくて、貴族令嬢として生きるのが息苦しいと思っていた。だからこそ平民になることを考えていたのだが、ギデオン様と一緒にいる時間は心が落ち着いて穏やかな気持ちになれた。

（初めてかもしれないな、パーティーも悪くないって……楽しいって思えたの）

遠くなるギデオン様の背を見つめながら、小さく笑みをこぼした。

一息ついていると、ヒールの音がこちらに近付いてきた。

「あら？　お一人なのかしら、アンジェリカ嬢」

突如名前を呼ばれたので、声のする方向に振り向けば、見覚えのある令嬢がこちらを見つめていた。

（この見下すような雰囲気……思い出した、テイラー侯爵令嬢だ）

今日は取り巻きがいないのか、一人で私と対峙していた。

「せっかく貴女にふさわしいパートナーを用意してあげたのに」

「……あれは貴女が？」

「身の丈に合わない行動をしている貴女に、現実を教えてあげようと思って」

「どういう意味ですか」

テイラー嬢が何を言いたいのかわからなかった。

「この前警告したはずよ。アーヴィング公爵様の隣にはふさわしくないと」

「！」

「やだ。やっと気が付いたのかしら？」

フンッと鼻で笑う姿は不快なものだった。

私が座り、テイラー嬢が立っていることもあって、彼女からかなり強く見下されているのを感じた。

「いい？　アーヴィング公爵様の隣には、貴女みたいな品のない侯爵令嬢じゃなくて、もっとふさわしい人がいるのよ」

「品がない？」

「自覚ないのかしら？　パーティーで大量の料理を食べるなんて非常識よ」

（美味しい料理を食べることの何が非常識なんだよ）

テイラー嬢の言い分は、全て説得力に欠けている気がした。

「立ち振る舞い(ま)も取ってつけたようなものでしょう。アンジェリカ嬢、貴女にアーヴィング公爵様の隣に立つ資格はないわ。さっさとそこを退きなさい」

ずっと上から物を言い、私に命令するテイラー嬢。

相手にする必要もない人物とは、彼女のような人のことを言うのだろう。くだらないと思いながらも、言われた分は返しておこうと、にっこりと笑顔を作った。

「私からすれば、人の選択(せんたく)にケチ付けるような人の方が、よっぽど品がないと思いますよ」

「何ですって？」

「ご自覚ないんですか？　品のある令嬢は、勝手にパートナーを押し付けはしません」

(テイラー嬢。あんたの喧嘩は、私には買う価値がない)

一瞬たりとも目を逸らさず、ただにこやかにテイラー嬢を見つめる。彼女は気圧されたのか、何も言えない様子だった。

「まだ何か話がありますか?」

「――っ。品のかけらもない人ね!」

(どっちがだ。鏡見てこい)

テイラー嬢はそう吐き捨てると、足早に私から離れていった。

(はぁ……私が何かやらかして恨みを買ったんじゃなくて、変な奴に因縁付けられてるってことか)

謎が解けたのはよかったのだが、テイラー嬢をどう対処すればいいかまではわからなかった。

(あ!　ギデオン様は……!?)

もしや近くにいて、話を聞かれていたりしなかっただろうかと辺りを見回した。すると、グラスを両手に誰かと話をするギデオン様が目に入った。

「……ルクレツィア王女」

話し相手は王女殿下だった。

遠目に見えるだけなので声は聞こえないが、どことなく楽しそうな雰囲気を感じた。

（……ふさわしい人か）

二人が一緒にいる様子を見ると、嫌でもテイラー嬢の言い分が理解できてしまった。

（確かに、ギデオン様の隣にふさわしいのは、ルクレツィア王女のような品のある女性だろうな）

誰がどう見てもお似合いだと思うが、なぜか気分は落ち込んでいた。

（あれ……？　今度は胸が痛い気がする。疲れたのかな）

最近は鼓動が速まったり、胸が痛くなったりと、私の体は不調みたいだ。

（腕も痛めたし……帰ったらちゃんと休まないとな）

一度ハンカチを外してみると、赤みが引いているように思えた。

「まだ痛みますか？」

「……ギデオン様」

いつの間にか近くに来ていたようだったが、全く気が付かなかった。

「いえ。もうだいぶ痛みは消えてきました」

「それは良かった。ですが無理はなさらないでくださいね」

「はい」

こくりと頷くと、ギデオン様から飲み物を受け取った。ハンカチはもう外したままでいいかと思えば、ギデオン様が再び空いた手で押さえてくれた。

「すみません、ありがとうございます」

「あざにはならなそうですね」

「ギデオン様のおかげです」

もう一度お礼を告げると、ギデオン様は戸惑いながらも、優しく微笑んだ。

飲み物を飲み終わる頃には、パーティーも終了時刻を迎えた。

「ではアンジェリカ嬢。今日はこれで。お誘い、楽しみにお待ちしてますね」

「はい、本日は本当にありがとうございました」

深々とお辞儀をして別れると、私はクリスタ姉様達が待つ馬車へ向かった。

（……大丈夫だよな。これならバレないよな）

今日起こった一連の出来事は、心配をかけてしまうのでひとまず伏せておきたかった。

（抗議するにも証拠がないしな……それなら今は黙っておくほうがいい）

馬車には両親も乗るので、気付かれないように赤くなっていた場所を上手く隠しながら家族と合流し、帰路に就くのだった。

屋敷に到着し、自室に戻ると就寝準備まであっという間だった。

ベッドに横になると、自分の胸に触れてみる。

（……今は何ともないな）

穏やかな鼓動と、痛むことのない胸。通常運転の体に安堵するものの、他にも考えたいことは多かった。天井を見ながらぐるぐると頭を働かせていると、いつの間にか眠りについてしまった。


パーティーの翌朝。

何だか体が重たい気がする。それよりも頭が痛い。

「……疲れたのか？」

私が体調不良なんてらしくない。

前世も今世も、生まれてこのかた風邪を引いたことはなかった。

部屋にノック音が響くと、三人の侍女が入室した。

「おはようございますお嬢様。お目覚めですか？」

ドーラの声に答えようと思ったのだが、上手く頭が働かなかった。

「お嬢様……？」

不安げな声が聞こえるのがわかった。

「お嬢様、もしや……！　失礼しますね」

ドーラが近付いて、おでこに触れたのがわかった。冷たくて気持ちいいと思えば、段々と瞼が重くなって再び眠りにつくのだった。

目が覚めると、幾分か頭痛は引いていた。

「……朝か？」

「夕方よ」

今は何時だろうと窓の外を見ようとすれば、クリスタ姉様の声が聞こえた。

「姉様！」

「アンジェ。そんなに勢いよく起き上がって大丈夫なの？　熱が出ていたのに」

「熱……熱があったんですか？」

衝撃の事実を知らされると、私は動揺した。

「ええ。先程医者に診てもらったけど、疲れが出たと言っていたわ」

「疲れ……」

「心配したのよ。お馬鹿は風邪をひかないというのは嘘だったのね」

「姉様？」

（聞こえてますよ。なんてこと言うんですか。……でも間違ってないから反論できねぇ）

内心で少しだけ悔しさを覚えていると、クリスタ姉様は私の頭をそっと撫でた。

「無理し過ぎは駄目よアンジェ。今日はゆっくり休みなさい」

起き上がった私を寝かせようと、クリスタ姉様はそっと私の肩を押した。

「大丈夫です姉様。疲れじゃないと思うので」

「疲れじゃない？」

「はい。少し色々と考え事をしてて」

「それなら知恵熱ということかしら」

「そっちの方が可能性高いですね」

恥ずかしくなりながら告白すると、姉様はほっと安堵の息を吐いた。

姉様は肩から手を離してくれたので、私は横にならず半身だけ体を起こした。

「それでも今日は安静にしていなさいね」

「はい」

首を縦に振ると、姉様はじっと私を見つめた。

「ねぇアンジェ。私じゃ頼りないかもしれないけど、何かあれば相談してね」

「え？」

「考え事をしていたと言ったでしょう。……悩みがあるのならいつでも聞くから」

クリスタ姉様の眼差しから、心配してくれているのが凄く伝わってくる。

「それじゃあ……一つ相談してもいいですか？」

「もちろんよ」

おかしな相談になってしまうかもしれないが、クリスタ姉様なら真剣に聞いてくれると思えた。

「……実は最近、胸の調子がおかしくて」

「胸？」

「はい。いきなり鼓動が跳ねたと思えば、速くなることがあって。でも全速力で走ったとかではないんです。座ってるだけなのに、いきなり。昨日は胸が痛くなることもあって。……調子が悪いだけかもしれないんですけど、気になって」

クリスタ姉様は相槌を打ちながら、優しく話を聞いてくれた。

「まぁ、それは大変ね。……でもアンジェ、貴女と同じような病気にヴィオラもかかっていたと思うわよ」

「ヴィオラって……『ヴィオラの初恋』のヴィオラですか？」

（嘘だろ。あいつ、こんな苦しい病気にかかってたのかよ……！）

衝撃の事実に、言葉が出なくなってしまった。クリスタ姉様は、そんな私を落ち着かせるように優しく伝えた。

「アンジェ。あの演目のヴィオラを思い出してみて」

「ヴィオラを……」

複雑な心境のまま、ひとまずヴィオラのことを思い出し始めた。

（劇の冒頭は、婚約者と仲睦まじい場面から始まるんだよな。その時は、ヴィオラは普通に元気そうだった）

それなら、ヴィオラが元気をなくしたのは、普段の様子と変わり始めたのはいつなのだろう。あの舞台を脳内で振り返りながら、ヴィオラに寄り添い始めた。

「初めは元気そうでした。………あ。そう言えば、ヴィオラも胸が痛いって言ってた場面が二回あった気が」

「それはどんな場面だったのかしら」

「最初は、使用人のジョンに出会った後のことです。ジョンってすげぇいい奴で、めちゃくちゃヴィオラのことを気にかけてくれたんですよ。その優しさが嬉しくて、ヴィオラはジョンに惹かれていくんですけど、確かその時に……胸が……」

そこまで言って、私は自分の胸に触れた。

「そう。それなら次はどの場面だったの？」

「次……次は確か……最終場面だった気がします。ヴィオラは、家のために生きるって決めて、好きだったジョンとの駆け落ちをしない道を選ぶんですけど、そこで痛めていたはずです。好きなのに一緒になれないのが、嫌で、苦しくて、胸が……痛いって」

ヴィオラのことを振り返りながら、なぜか私まで胸が痛くなってしまった。ただそれは、ヴィオラに同情したからではない。

（もしかして私……ヴィオラと同じ胸の痛みを感じているのか？）

一つの答えが見えてくると、ストンと腑に落ちた気がした。

ヴィオラの胸の痛みは、初恋。私の胸の痛みも――。

「これが……初恋？」

（………初恋⁉）

気が付けば無意識に声が漏れていた。自分で口に出して、自分で驚いてしまったが、妙に納得してしまった。

「素敵な初恋ね。私は応援するわよ」

「応援、ですか？」

まだ答えを出して間もないのだが、クリスタ姉様はなぜかふわりと微笑んでいた。

「ええ。好きだということは、婚約者になりたいということでしょう」

「婚約者……⁉」

突如投げ込まれた言葉に目を見開いてしまう。

「あら、おかしな話ではないでしょ。貴族同士の恋愛となれば、行きつく先は婚約の後に結婚よ。アンジェがアーヴィング公爵様のことが好きなら、そうしたいのではないの？」

言われてみればそうだ。

想い合う末にたどり着くのは、結婚。改めてそれを考えてみると、恥ずかしくなってしまった。

「な、なんだか結婚は想像つかないですね」

「確かに遠い話にも聞こえるわね。……そうね。生涯添い遂げる相手、ずっと一緒にいたい相手かどうか考えてみるといいんじゃないかしら」

言われるがままに想像してみると、良いイメージが浮かんできた。

(どこに行っても、何をしても、一緒にいて楽しい相手なんだよな)

自分の気持ちがわかると、何だか胸が温かくなってきた。

「……ありがとうございます、姉様」

「私は何もしていないわよ」

クリスタ姉様のおかげで胸がスッキリした。姉様の導きに感謝しながら、もう一度心の整理をするのだった。

翌日。

目が覚めると、すっかり体調は良くなっていた。

昼食後、のんびりと時間を過ごしていると、突然荒々しい足音が自室に近付いてきた。

入室したのは三人の侍女で、ミーシャが焦った様子で私を見る。

「お嬢様、急ぎお支度を……！　失礼しますっ」

「どうしたんだいきなり——うっ」

聞く間もなく、ミーシャは顔に白粉をはたき始めた。

「アーヴィング公爵様が、お嬢様の不調を聞いてお見舞いに来てくださったんです」

「何だって⁉」

予想外の訪問者に、驚きを隠せずに口が開いてしまう。

「お嬢様、閉じてください」

「あぁ、悪い」

既に屋敷の中に来ているということだったので、ミーシャが急いで化粧を施し、ドーラとレベッカが室内用ドレスに着替えさせてくれた。

準備を終えると、慌ててギデオン様の待つ応接室へと向かった。

中へ入ると、座っていたギデオン様がスッと立ち上がった。

「アンジェリカ嬢。起きてきて大丈夫ですか」

「は、はい。もう体調は良好ですので」

「すみません。体調不良だとお聞きし、お見舞いの品だけでもと思って来たのですが……却って気を遣わせてしまいました」

「そんなことは。今朝目が覚めた時には、凄く元気だったので。それに、来ていただけてとても嬉しいです」

(だ、駄目だ。いつも以上にギデオン様がカッコよく見える……！)

いつも通りにしようと心を落ち着かせながら会話に挑んだ。しかし、恋心を自覚した今では、やけに緊張してしまう。

「よかった。先日のハルスウェル公爵家主催のパーティーで負傷されていたので、もしやそれが原因かと不安になっていたのですが」

「い、いいえ！　全く無関係ですので。腕はもう、すっかり赤みも引いていて」

「みたいですね。よかった」

さっとギデオン様に腕を見せると、彼は安堵したように笑みをこぼした。

その笑顔は何度か見たことがあるはずなのに、私の心を大きく動かした。思考がまともに働かないまま、気持ちをごまかすように話題を変えた。

「お忙しいのにすみません。あの、お仕事とか大丈夫ですか」

「大丈夫です。今は騎士団も、領地経営も落ち着いているので」

(いや、絶対に忙しいじゃないですか……！)

公爵家当主として領地を守るだけでなく、騎士団長も務めるギデオン様。肩書きだけ聞いても多忙だとわかる。しかし、本人が問題ないというのなら、これ以上謝罪するのも違う。

「それにしても凄いです。ギデオン様は公爵家当主も、騎士団長もされていて」

「それほどでも……アーヴィング家では、代々当主が騎士団長を務めているので。もちろん、強制ではないのですが、当主として平和な領にしたいと思い、騎士として腕を磨けば、より多くの者を守れると考えました。領民から怖がられてしまうこともあるんですが、彼らが平和に暮らせる場所にしたいと欲が出てるみたいです」

照れくさそうに笑うギデオン様の様子を見て、私は心が震えた。

（……めちゃくちゃカッコいい夢だな。私なんて、貴族として過ごすのは性に合わないから、自由になりたいと夢を掲げてたけど……それがちっぽけに感じるくらい、ギデオン様は凄い人だ。……いいな、ギデオン様の夢。私も応援したい）

ギュッと手に力が入ると、ギデオン様を真っすぐ見つめて本心を伝えた。

「とても素敵で、凄くカッコいいです」

「ありがとうございます」

嬉しそうに微笑むギデオン様を見て、私はこの人の隣で応援し続けたいと強く思った。

かつてテイラー嬢に、貴女では駄目だと言われた言葉を思い出す。確かに今のままでは、隣に立って支える人間として、私では力不足だ。

（まずは、ギデオン様にふさわしい人間にならねぇと……！）

一つの大きな目標を見つけた私は、強く決意した。

その後しばらく談笑し、ギデオン様は屋敷を後にしたのだった。


ギデオン様の来訪から三日後。

完全に体調が回復した私は、クリスタ姉様と洋装店を訪れていた。

建国祭で着るドレスを仕立てるというので、付いてきたのだ。

二階にある個室に通されると、クリスタ姉様はデザイン案を手にしながら私を見た。

「ついにアンジェも自分でドレスを選ぶようになったのね」

「すみません……着たい色があって」

ドレスに無頓着だった私は、クリスタ姉様が定期的に用意してくれるものを着ていた。

元々嫌いだったこともあり、興味を持つのはなかなか難しかった。

(……でも、ギデオン様の前で着るドレスは赤が良いからな)

自分に一番似合う色が赤だと思っているからこそ、今度お会いする時に備えて仕立てておきたかった。

「いい機会よ。好きなだけ注文しなさい。お父様から許可はもらっているわ」

「そんな。建国祭用の一着でいいですよ」

今までドレスを自分で頼むなんてことがなかったのと、屋敷にいてばかりで買い物の経験がない私は、制限のない購入に申し訳なくなってしまった。

「何言ってるの。これからもアーヴィング公爵様とは色々な場所に出かけるんでしょう？　それなら何着か仕立ててもらいなさい。もちろん気になったドレスがあったら、購入してもいいわ」

「……ありがとうございます」

クリスタ姉様からデザイン案を受け取ると、一つ一つ見ていった。紙の端に書かれた推定の値段が目に入ると、私は目を疑った。

（な、何だこの値段……!!　ドレスってこんなに高いのか!?）

初めて知る驚愕の事実に、私は固まってしまった。

貴族の買い物に慣れておらず、庶民的な感覚が残っていた私はあまりの高さに恐怖した。

（……い、いや。侯爵令嬢がこんな値段でビビっちゃ駄目だろ。現に姉様は何着も即決で買ってるわけだし……！）

紙を持つ手が危うく震えそうになったが、目を閉じて落ち着かせると、改めてデザイン案と向き合った。

「姉様。これ全部、注文します……！」

「気に入ったものが多いみたいね。もちろんいいわ」

（多いって……待ってください姉様。もしかして私買い過ぎました!?）

しかし、一度宣言したからには撤回するのは野暮というもの。

私は唾を飲み込んで購入を進めることにした。

「アンジェ。一階には既製品も売っているのよ。デザイン案を見終わったのなら、少し見てきたら?」

「ですが、もう購入はいいかなと」

「見るだけならお金はかからないし、気になるものがあるのなら片っ端から買いなさい。お父様が喜ぶわ」

「私がドレスを買うとお父様が喜ぶんですか……? それどんな仕組みですか」

「アンジェは普段何もねだらないでしょう。お父様はそれを気にしてるのよ」

初耳である。

思い返してみれば、私が父様に頼んで買ってもらったのは乗馬服くらいだった。

「……わかりました。少し見てきますね」

「ええ。気を付けてね」

姉様に見送られながら、私は一階へと向かった。

既に出来上がっているドレスは、デザイン案とはまた違ったよさがあった。

(やっぱり赤いドレスはいいな。勝負の色って感じがして)

色とりどりのドレスが並んでいたが、やはり目を引くのは赤色のドレスだった。

店内にはドレスだけでなく、男性用の礼装も置いてあった。

（……この礼装、ギデオン様に似合いそうだな）

シンプルなデザインは、ギデオン様の顔が映えそうだと思った。

（そろそろ誘いの手紙を出そう）

どこに行くかはまだ決めていなかったが、先日のパーティーで話したように、ギデオン様となら一緒にいられるだけでよかった。

今度は装飾品を見始めると、好みのものを見つける。

（赤い装飾品か。これならドレスに合いそうだな）

手に取ってみようとすれば、反対側からも手が伸びてきた。

ぶつかってしまったので、慌てて頭を下げて謝罪をする。

「あっ。すみません」

「いえ、わたくしの方こそ、失礼しました」

（あれ？　この声どこかで……）

顔を上げると、そこにはルクレツィア王女殿下がいた。

「レリオーズ嬢……」

「……お久しぶりです、王女殿下」

まさかここで再会するとは思いもしなかったので、一気に緊張が走る。

私は王女殿下と対峙する形になった。

「ここで会うだなんて驚きね。……今日はどんなドレスを仕立てに来たの？」

「はい。建国祭に着るドレスです」

「建国祭……」

王女殿下は何か思うことがあるようで、少し考えた後に尋ねた。

「……どなたと行くかは決まっているのかしら？」

じっと私の様子を窺うように見つめる王女殿下。

（建国祭は、パートナーと参加するパーティーなんだよな）

この情報をクリスタ姉様から聞いたこともあって、今日ドレスを自分の手で選びたいと思った部分が大きい。

王女殿下の質問の意図が、今度はわかった。

私は堂々とした姿で答える。

「決まってはいませんが、一緒に行きたいと思っている方はいます」

「！」

馬術の大会の時とは異なる返事に、王女殿下の目は一瞬動揺を見せた。

王女殿下からすれば、望んではいない答えだと思う。ただ、私も譲れない思いがあった。

「……そう。ではわたくし達はライバルになったのね」

「そうなると思います」

あの時わからなかった言葉の意味は、ギデオン様への想いに気が付けたからわかった。

(ルクレツィア王女も、ギデオン様のことが好きなんだよな)

ライバルにならないことを願われたのは、私が同じ想いを抱くのを王女殿下が好ましく思っていなかったからだ。

私は自分の想いが揺るぎないものだと証明するためにも、真剣な面持ちで王女殿下のことを見続けた。

少しの間沈黙が流れると、王女殿下が話を切り出した。

「レリオーズ嬢。わたくし達、決着をつけるのはどうかしら」

「決着……ですか?」

「ええ。勝負をしましょう」

「!」

思いもよらない提案に、私はすぐに反応することができなかった。

「わたくし達両方がアーヴィング公爵を建国祭のパートナーとしたいと思っていても、それが叶うのは一人だけ。それなら、勝負で勝った方がパートナーの打診ができる方がいいんじゃないかしら」

王女殿下の眼差しは真剣そのもので、冗談を言っているようには到底見えなかった。

勝負を申し込まれた意図を理解しようとしたがわからなかった私は、疑問を投げかけた。

「パートナーを選ぶ権利は、アーヴィング公爵様にあるのではないですか？」

私も王女殿下も打診をした上で、ギデオン様が一緒に行きたい人を選ぶ。その方が公平だと思った。

「わたくしはそれでもいいけれど……それだと公平ではないわよ？」

「え……？」

「こんなことを言いたくはないのだけど、わたくしはネスロダン国の王女という立場があるから。わたくしが正式に申し込めば、アーヴィング公爵は断ることはできないと思うわ」

「！」

（それもそうか……王女殿下の申し出を断るのは、体裁としてよくないもんな）

言われてみれば、私が取ろうとした方法は私に不利なものだった。

「だから、公平な案として勝負を持ち掛けたのだけど……どうかしら」

「……勝負の内容は何になりますか？」

「乗馬はどうかしら？　単純にレースとして速さを競うものよ」

（走り……それなら十分に勝てる見込みがあるな）

勝算はあるものの、一度落ち着いて状況を整理した。対戦相手が王女殿下だと改めて認識すると、一抹の不安を抱いたが、それでも譲れないものがあった。

（悩む理由はない。ここで引けば、王女殿下は間違いなくギデオン様に結婚を申し込む。王族の申し込みは断れないって聞いたことある。となれば、ギデオン様はネスロダン国に行くことになるから、自分の領地経営ができなくなっちまう……！　ギデオン様がこの国に残れるように……そして夢を叶えられるように、私はこの勝負、受けて立つ！）

私は覚悟を決めると、改めて王女殿下の瞳を見た。

「その勝負、お受けいたします」

「わかりました。では、日取りを決めましょう」

こうして勝負が成立した。

日取りはすぐに決まり、三日後にレリオーズ邸の裏にある草原で行うことになった。

話が終わると、私はクリスタ姉様の下へ戻り、このことを報告するのだった。

# 第六章 恋を賭けた真剣勝負

対決当日。

いつもより早く目が覚めた私は、ベッドから下りると体をほぐし始めた。

「絶対負けねぇ……」

王女殿下(でんか)は強敵に違(ちが)いない。けれども、馬術ではなく走りなら勝てる見込みは十分にあった。

コンコンと部屋の扉(とびら)が叩(たた)かれると、入室したのはドーラだった。

「お嬢様(じょうさま)、お早いですね」

「おはようドーラ」

「おはようございます。乗馬服を持ってまいりました」

「ありがとう」

ドーラの手を借りながら、乗馬服に着替(きが)えることにした。

「いよいよですね」

「あぁ。……必ず勝つ」

「応援しております。お嬢様なら大丈夫です」

「ありがとう、ドーラ」

ドーラに温かい言葉をもらうと、私はすぐに頷いた。

乗馬服に着替えると、朝食を取ってティアラに会いに行く。

「ティアラ！」

私の声に反応するようにブルッと鳴いて迎えてくれる。

「今日はよろしくな。……大丈夫。ティアラの走りは世界一だから。一緒に頑張ろうな」

ティアラに触れながら私は自分を鼓舞した。

厩舎からティアラを出すと、対決の舞台である草原へと向かう。

（……何だかいつもと違う景色に見えるな。見慣れた場所のはずなのに）

何年もティアラと駆けまわっていた草原は、思い入れの深い場所だった。

レリオーズ邸の草原だとティアラが有利じゃないかと思ったのだが、王女殿下には勝負ができる場所ならどこであろうと問題ないと言われてしまった。

「勝つ気満々だよな……私も同じだけど」

ふうっと息を吐くと、対決開始までの間、ティアラの体を温めるために軽く走ることにした。

しばらくすると、クリスタ姉様がヒューバート殿下を連れて草原へとやって来た。私はティアラから降りて迎える。

今回ヒューバート殿下は、勝負の判定役を務めてくれる。王女殿下が、どちらにも肩入れしない相手として、声をかけてくれたのだった。

(うん？　もう一人いる気が……えっ、ギデオン様!?)

ギデオン様には今回の対決に関して何も伝えていない。それにもかかわらず姿を現したことに、動揺を隠せなかった。

「元気にしていたか、レリオーズ嬢。……いや、今はアンジェリカ嬢と呼ぶべきかな」

「ご無沙汰しております、ヒューバート殿下」

カーテシーをしながら挨拶をする。

クリスタ姉様もいるので、確かに名前で呼ばれた方がわかりやすい。

(なんでギデオン様が……というか、なんだかいつもより表情が暗いような)

もしや今回の対決を黙っていたことで、怒らせてしまったのだろうか。

そんな不安を抱きながら、私は殿下に視線を向けた。

「殿下、少しよろしいですか」

「あぁ」

ギデオン様に聞こえないように、少しだけ距離を取って小声で尋ねる。

「どうしてギデオン様がいらっしゃるんですか……！」

「いや、アンジェリカ嬢の勇姿を、ギデオンに内緒で俺だけが見るのは気が引けてな」

「見ていただけるのは嬉しいですけど、今回は……」

「安心してくれ。ギデオンはアンジェリカ嬢とルクレツィア王女が何を賭けたかなんて知らない。模擬戦だと思ってるからな」

「そう、ですか」

　それなら安心して良いのだろうか。疑問を残しながら元の場所に戻って、ギデオン様を見る。

(あ、あれ？　表情がさっきと変わってない……)

　不安が拭えないまま、ギデオン様に挨拶をした。

「ギデオン様……お久しぶりです」

「お久しぶりです、アンジェリカ嬢」

　いざ話してみれば、いつもと変わらないギデオン様だった。

「殿下から今日、アンジェリカ嬢が模擬戦をやると耳にしまして。招待を受けているわけではないのですが、観戦させていただいてもいいでしょうか」

「もちろんです」

「ありがとうございます」

　何度か見たはずのギデオン様の姿が、今日はいつも以上に眩しく見える。

（お、落ち着け私。今は勝負に集中するんだ）

　ギデオン様と会えたことが嬉しいようで、またもや鼓動が速くなっていた。

「ティアラさんの調子はいかがですか」

「絶好調だと思います。……なので、絶対負けません」

　模擬戦だと思っているギデオン様からすれば、熱くなり過ぎているように見えるかもしれない。けれども重要な勝負を前に、ごまかす余裕はなかった。

「アンジェリカ嬢なら大丈夫ですよ」

　優しい笑みを向けてくれるギデオン様に、胸が大きく揺れ動いた。それと同時に、私はより一層負けられないという気持ちが強まるのだった。

　ギデオン様から激励をもらったところで、王女殿下が到着した。

　私は挨拶をしにすぐさま彼女の下に近寄る。

「本日はよろしくお願いします」

「ええ。どうぞよろしく」

　簡単な挨拶を済ませると、ギデオン様がいらしていることを伝えた。

「アーヴィング公爵が……尚更負けられませんわ」

「私も負けるつもりはありません」

　お互い瞬きもせずに見合っていた。

火花を散らしたところで、私は準備に取り掛かる。王女殿下は馬を出発点付近に置いて、ヒューバート殿下とギデオン様に挨拶をしに向かった。

「アンジェ。ティアラの水分補給はした？」

「そういえばしていない気が」

「駄目じゃない。ほら、水を飲ませなさい」

クリスタ姉様に促されると、私は一人で給水しに向かった。ティアラの水を持って戻ると、すぐに飲ませた。

それぞれの挨拶や準備が終わると、いよいよ対決を開始することになった。

今回は今いる場所から少し離れた場所にある木まで、一直線の道を先に駆け抜けた方が勝ちとなるルールだ。

私はティアラに乗ると、同じく馬に乗った王女殿下と出発点に並ぶ。

(王女殿下。ここに来て一度も馬を走らせなかったな……もう既に体は温まってるってことか)

ちらりと様子を窺うと、王女殿下はこちらを向くことなくハッキリと宣言した。

「申し訳ないけれど、手加減はしませんわ」

その言葉を受けると、私は視線を前へと戻して答えた。

「……必要ないです。私もしませんので」

冷たい風が二人の間に吹くと、ヒューバート殿下がレース開始の体勢を取った。

(殿下が腕を上げた瞬間、それがスタートの合図)

緊張が走る中、私はぐっと手綱を握って集中した。

静寂が流れると、殿下は勢いよく腕を振り上げた。

(今だ!)

ティアラに走るよう手綱を引けば、一足先に王女殿下が飛び出した。

反応速度はあちらに分があったようで、私はわずかに出遅れた。

「行くぞ、ティアラ!」

声をかけながら、ティアラと一緒に走り始める。

大丈夫、私とティアラなら抜かせる——そう思った瞬間だった。

「な、何⁉」

突如王女殿下の馬が前足を大きく上げて、暴れ始めたのだ。首を大きく横に振る馬の様子は何かがおかしく、まともに走れないようだった。

「どうしたの‼」

制御が利かないのか、王女殿下の困惑した叫びが響く。

そして最悪なことに馬はコースアウトし、そのまま勢いよく森の方に走り始めてしまったのだ。

（まずい、このままだと王女殿下が振り落とされる！）

私は急いで手綱を引いて方向転換した。

「ティアラ、急げ!!」

私達はすぐさま王女殿下を追いかけ始めた。

（ティアラの速さなら間に合うはずだ……！）

ぐんぐんと距離を縮めると、どうにか王女殿下に並走することができた。

「ルクレツィア王女、手を！」

「……どうして」

「いいから伸ばせ！」

王女殿下は信じられないという顔で私を見たが、私は一切気にせずに手を伸ばし続けた。

一瞬ためらった後、王女殿下は私の腕を摑んだ。

「――っ!!」

勢いよく引き寄せると、どうにかティアラに乗せることができた。

暴走した馬はしばらく走り続けた。その間私はティアラに並走をお願いして、王女殿下と見守っていた。

ようやく王女殿下の馬が落ち着きを取り戻すと、私達は草原へと戻るのだった。

対決の舞台に戻ると、そこには驚かずにはいられない光景が広がっていた。

ヒューバート殿下とギデオン様の前に、一人の令嬢が座り込んでいたのだ。

（あれは……テイラー嬢？）

令嬢はいつの間にか現れた騎士によって取り押さえられており、動けない状況だった。

そこに近付くと、ギデオン様達が私達の方に気が付いた。

ヒューバート殿下はすぐさまルクレツィア王女に駆け寄った。

「ルクレツィア王女、怪我はありませんか？」

「……はい。レリオーズ嬢が助けてくださいましたから」

ヒューバート殿下に答えると、王女殿下はティアラから下り、私の方に体を向けて深く頭を下げた。

「ありがとうございます、レリオーズ嬢」

「おやめください。当然のことをしたまでです」

「私からも礼を言わせてくれ。ルクレツィア王女を助けてくれたこと、感謝する」

王女殿下に続いてヒューバート殿下にまで頭を下げられてしまった。

（というかこれ、立ち位置的によろしくないよな⁉）

私が馬に乗った状態で、ヒューバート殿下に頭を下げられているので、凄く無礼な状況になってしまった。慌ててティアラから降りると、改めて顔を上げてもらえるよう伝えた。

「それで……あの、なぜテイラー嬢がここに？」

状況を理解しようと尋ねれば、一気にヒューバート殿下の表情が険しくなった。

「彼女がルクレツィア王女の馬に細工をしたんだ」

「細工を……⁉」

「あぁ。馬が暴走するように」

（とんでもねぇことしやがる……何考えてんだあいつ）

テイラー嬢の方に視線を向ければ、彼女は私を思い切り睨みつけていた。

「どうして貴女じゃなかったのよ……！」

恨みのこもった台詞から、テイラー嬢がしたかったことがすぐにわかった。

（……そうか、狙いは私だったんだな）

怒りとあきれが混ざり合ったが、これこそ相手にする価値がないと判断して、テイラー嬢を視界から退かした。状況説明を終えたところで、ヒューバート殿下がもう一度謝罪をした。

「ルクレツィア王女、大変申し訳ございませんでした。今回の件ですが――」

「ご安心ください、ヒューバート殿下。大事にするつもりはありません。わたくしはこうして無事ですので、表立って問題にすることはないです」

二人のやり取りを聞いて、テイラー嬢がしでかした事の重大さに気が付いた。

テイラー嬢は結果として、一国の王女に危害を加えたことになってしまった。これは下手をすれば国同士の問題になりかねない。

しかし、王女殿下は内密に片を付けることを望んでいるようだった。

「よろしいのですか」

「はい。表向きはその人の言い分通り、暴走したのはレリオーズ嬢の馬ということにしておくのはいかがです？」

「こちらとしては、ありがたい提案ですが……」

あまりにも条件が良すぎるのか、ヒューバート殿下は少し心配そうな声になっていた。

王女殿下はゆっくりと私を見たかと思えば、すぐにヒューバート殿下に視線を戻した。

「……レリオーズ嬢に助けられた恩返しになるなら」

「‼」

恩返しなんてとんでもない。私は当たり前のことをしただけなのに。

「では、ありがたくそのご厚意を受け取らせていただきます」

今回の件の処理が決まると、ヒューバート殿下は私と王女殿下の顔を交互に見た。

「ところで。対決はどうされますか？　どちらもゴール地点に行っていないので、勝敗がついていませんが」

「もちろんそれは日を改めて――」

「わたくしは降参します」

私がやり直しを提案すると同時に、王女殿下は自ら敗北を宣言した。

「…………え？」

聞き間違いだと思ってしまうほど、王女殿下の発言は予想外のものだった。

「王女殿下。私が言うのもおかしな話ですが、今回の対決は無効だと思います。真剣勝負なので、やり直すべきかと」

「レリオーズ嬢は素敵な人ね。でも敵に塩を送っては駄目よ」

くすりと微笑む王女殿下の表情に、柔らかいものを感じた。

「並走してわかったわ。レリオーズ嬢と貴女の馬の方が、わたくし達よりはるかに速いと。あのまま勝負をしていても、勝っていたのは間違いなくレリオーズ嬢よ」

どうやら王女殿下は、暴走した状態でも一緒に走ったことで負けを確信したようだ。

「お言葉ですが、勝負はやってみないとわからないものです」

決められた枠外での走りだったので、勝敗はまだついていないはずだ。負けを認めた王女殿下に、納得できなかった。

「そうね。でもわたくしが逆の立場だったら……レリオーズ嬢のように助けには行けないわ。でも貴女は助けてくれた。……そんな素敵な人が、アーヴィング公爵の隣に立つべきよ」

芯のある声で告げた王女殿下は、とても晴れやかな顔をしていた。

「満足のいく敗北だわ」

そこまで言い切られてしまうと、やり直すというのも野暮な話だ。

私が王女殿下の考えに納得したところで、ヒューバート殿下が間に入ってくれた。

「……ということで、今回の勝者はアンジェリカ嬢だ。おめでとう」

「ありがとうございます」

こうして対決は、私の勝利で幕を閉じた。

王女殿下は勝敗がつくと、草原を後にした。ヒューバート殿下は騎士と一緒に、テイラー嬢を連行していった。いつの間にかクリスタ姉様の姿も見えず、気が付けばギデオン様と二人きりになっていた。

ギデオン様は私の方に駆け寄ってきた。

「アンジェリカ嬢、怪我はありませんか？」

「はい。ティアラが良い走りをしてくれたので、怪我無く救出できました」

「良かった……ティアラさんは優秀ですね」

ギデオン様に褒められたティアラは、どことなく誇らしそうだった。

「ギデオン様。先程ヒューバート殿下からお聞きしました。今回テイラー嬢を捕らえられたのは、ギデオン様のおかげだと。ありがとうございます」

「私は何も……ただ人を動かしただけです」

レリオーズ邸に潜んでいたテイラー嬢を捕まえたのは、アーヴィング公爵家の騎士だったと教えてもらった。

「実は先日のパーティーで、アンジェリカ嬢とテイラー嬢が話している姿を遠目に見てしまって。テイラー嬢からただならぬ嫌な空気を感じたので、念のため部下に監視させていました。……アンジェリカ嬢を守りたくて」

「！」

ギデオン様の真っすぐな言葉に驚きつつも嬉しくなってしまう。しかし段々と恥ずかしくなって、顔を隠すように会釈をしてお礼を告げた。

「あ、ありがとうございました」

監視があったおかげで、細工道具を手にしていたところを捕まえることができたのだ。ギデオン様には感謝しかない。

「すぐ近くですが、お屋敷まで送らせてください」

「よろしくお願いします」

私はギデオン様のエスコートを受けながら、ティアラと屋敷に戻るのだった。

対決から数日後。

テイラー嬢は私の馬に細工をしたことで、傷害の罪に問われることになった。悪意のあるやり方であったため、恩情をかけられることなく身分剝奪でテイラー家追放となった。

これが表向きの話で、社交界に広まっているものだ。

しかし、実際彼女がしたことは、他国の王族の命を脅かすものだった。これは国同士の信頼を壊すことにも繋がるため、国家反逆罪として極刑となった。

勝負に決着がついたところで、私はギデオン様に建国祭のパートナーの打診をした。

すると、入れ違うように届いたのは、同じくギデオン様からパートナーの打診をする手紙だった。

「すげぇ……これが運命ってやつだったりして」

「絶対そうですよ、お嬢様！」

ミーシャが目を輝かせながら頷いてくれた。

「これで返事も同じタイミングだったら素敵ですね」

「よし、今すぐ書く」

レベッカの言葉に頷くと、急いでデスクへと向かった。

私はギデオン様へのお返事を書き終えると、ドーラに渡した。

「あっ」

「どうかされましたか？」

「もう一枚手紙があるんだ。それも一緒に頼む」

やっとギデオン様を何に誘うか定まったので、その内容を綴った手紙もお願いした。

一息つくと、クリスタ姉様による建国祭版の特別な淑女教育の時間がやってきた。

初めて男性パートナーと参加することで、新しく覚えることやダンスの練習など、姉様が教えてくれた。

「アンジェが熱心に聞いてくれるなんて……嬉しいわ」

「大げさですよ姉様」

「いつも退屈そうにしたり、うとうとしたり。話を半分も聞いてなかった時もあったわね」

「すみませんでした」

すぐさま謝罪をすると、クリスタ姉様はふふっと微笑んだ。

「いいのよ。それでもボロを出さずに頑張ってくれたんだもの」

でもそれができたのは、クリスタ姉様の教えが上手かったからだ。

「教えてくださり、ありがとうございます姉様」

そこに気が付くと、私は改めて姉様に感謝を伝えた。姉様は恥ずかしそうに、でも嬉しそうに授業を再開させるのだった。

建国祭当日。

いつも以上に、侍女三人が丁寧に準備に力を入れてくれた。

ドレスは、以前姉様と一緒に行った洋装店で注文したデザイン案のものだった。

髪はいつも通り下ろされたが、はたかれる白粉の量が尋常じゃなかった。

「ミ、ミーシャ。もう十分だろ」

「そんなことありません！　あと少し！」

「まだやるのか……」

ミーシャのセンスが素晴らしいのはわかっていたので任せていたが、いつもより力の入った化粧には少し疲れてしまった。

「お嬢様。準備が整い次第、玄関前で待機しましょう」

ドーラに促されると、私は玄関前に向かってギデオン様を待った。

（……駄目だ、緊張する）

ギデオン様への想いを自覚した上でのパートナーだからか、まだ会っていないというのに鼓動が速くなっていた。

馬車の音が聞こえると、私はすぐに玄関付近の窓から外を見つめた。

「ギデオン様の馬車だ……！」

見覚えのある馬車は、一度乗ったことのあるアーヴィング公爵家の馬車だった。

玄関を開けて外に出ると、ちょうど馬車が目の前で止まった。

中から出てきたギデオン様の姿に、私は衝撃を受けた。

（白い礼装、かっけぇ!!）

全身白色を基調とした礼装から高貴で上品な雰囲気が放たれていた。前回のパーティーと同じく、前髪が全てかき上げられており、凛々しい眉毛と鋭くも素敵な眼差しがハッキリと見えている。

（……破壊力がすげぇ。さすがギデオン様）

想像以上のカッコよさに、私は心を持っていかれた。

「お待たせしました、アンジェリカ嬢」

「本日はよろしくお願いします、ギデオン様」

挨拶を済ませると、ギデオン様のエスコートを受けながら馬車に乗りこんだ。馬車はすぐに出発し、王城を目指した。

「今回も前髪を全部後ろにかき上げたんですね」

「はい。……アンジェリカ嬢のおかげで、少しずつ自信を持てたので」

「凄く素敵ですし、よく似合っているかと」

「ありがとうございます」

嬉しそうな反応をしてくれるギデオン様。

いつもと雰囲気が違うのでさらに緊張していたのだが、優しい声色と笑みは変わらないままだった。

（……今のギデオン様と睨み合いの対決したら、勝てんのかな）

眉毛がハッキリと見えるようになったことで、より凄みが増しそうだった。

「やはりアンジェリカ嬢には赤いドレスが似合いますね」

「本当ですか？」

「はい。アンジェリカ嬢の美しい赤髪をより引き立てるドレスだと思います」

私もこの髪色は気に入っているので、褒め言葉がもらえるのは嬉しかった。ただ、それと同時に胸への負担が大きくなっていく。

緊張をほぐすためにも、どうにか他愛のない話に持っていくと、王城までの時間を過ごした。

王城へ到着すると、既に多くの貴族がいた。

馬車から降りると、ギデオン様はすぐに手を差し出した。

「行きましょう、アンジェリカ嬢」

「はいっ」

緊張を振り払うように反応すると、ギデオン様と一緒に城内の会場へと向かった。

エスコート自体は初めての食事の時も観劇の時も、してくれていた。しかしなぜか今日は、あの時とは全く違う感覚を抱いており、鼓動はずっとうるさいままだった。

会場に足を踏み入れると、貴族の視線が集まる。

「アンジェリカ様よ。お隣に居るのは……」

「もしかして、アーヴィング公爵様？」

「嘘っ」

ギデオン様の変貌ぶりに、驚きの声も聞こえた。

「……すみませんアンジェリカ嬢。私の人相が悪いので、もしかしたらより近寄りがたくなってしまったのかもしれないです」

（いや、カッコよすぎて近寄れないんだと思いますよ）

ある意味合っているのだが、ギデオン様が考えているのは自分の目が悪い印象を与えていることだった。

「そんなことありませんよ。眉毛は偉大ですから」

「眉毛……そうでした」

ギデオン様の方を見上げながら頷くと、安心するように頷き返してくれた。

「堂々とします」

けた。

「私も一緒に」

二人で改めて背筋を伸ばすと、人がまだそこまで密集していない場所を目指して歩き続
パーティー開始時刻になると、国王陛下が姿を現した。

短めのお話の後、すぐに建国祭の開幕を告げた。

それを皮切りに、会場内に美しい音楽が響き始める。

(ダンスが始まったみたいだ)

既に何組かの貴族は、ダンスホールに出て踊り(おど)を楽しんでいた。

私達はどうするのかとギデオン様を見れば、彼は一度手を離した。そして、軽くお辞儀(じぎ)をしながら、再び手を差し出して告げた。

「アンジェリカ嬢。よければ私と一曲、踊ってくださいませんか?」

「……よろこんで」

これでもかという程(ほど)の満面の笑み(え)でギデオン様の手を取ると、ダンスホールに移動する。

社交界デビューでも踊らなかった私は、これが正真正銘(しょうしんしょうめい)のファーストダンスだ。その相手がギデオン様であることが、たまらなく嬉しい。

「……私、実はダンスはこれが初めてなんです」

「アンジェリカ嬢もですか」

「……も？　もしかしてギデオン様も」

そっと尋ねてみれば、ギデオン様は目を伏せながら、首を縦に振った。

「はい。怖がられていたので、誰も誘うことなく今日を迎えてしまいました。……お恥ずかしいです」

「なるほど。ということは私達、ファーストダンス同士なんですね。運命的でいいですね」

「運命的……それは嬉しいですね」

ギデオン様の表情が心なしか明るくなったように見えた。

そんな運命的なファーストダンスが始まった。

ギデオン様と両手を繋いだ状態で、ステップを合わせて踊り始める。

「お上手ですね、アンジェリカ嬢」

「ギデオン様のリードが完璧だからですよ」

「そんなことは。……上手く踊れるのは、相手がアンジェリカ嬢だからです。とても踊りやすくて」

（マジか、それは嬉しいな）

さすがに声に出すことはできなかったが、嬉しさのあまり顔がにやけてしまう。

（ギデオン様とするダンス、楽しいな）

一曲があっという間に感じてしまう程、夢中になって踊っていた。

曲が終わると、一度ダンスホールから離れようとする。

(ダンスっていうのは、婚約者以外と二回連続で踊っちゃいけねぇんだよな)

私からするとよくわからないルールだが、ここが社交界である以上従わなくてはいけない。曲が始まる前に移動しようとしたが、ギデオン様は足を止めていた。

「まだ、踊りたいですね」

「それなら次も踊りましょう」

「……そうですね、そうしましょう」

どうやらギデオン様も私とのダンスが楽しいみたいで、私は再び顔がにやけてしまった。

その後は、二人で何曲かダンスをした。

やはりギデオン様のリードは完璧で、どの曲を踊っても失敗することなく終えられた。

しばらく踊り続けたので、私達は休憩を取ることにした。

「アンジェリカ嬢。何か飲みに行きますか？」

「そうですね。少し休憩しましょう」

飲み物と料理が並べられた場所に移動すると、座れる場所で一息つくことにした。

(……ヒールで踊り続けたからか、少し足が痛くなってきたな)

慣れないことをしたので疲労が溜まってしまったものの、それでもギデオン様とダンスできたことで、胸が満たされていた。

「アンジェリカ嬢。パートナー打診の返事の際にいただいた手紙ですが、ありがとうございます、お誘いいただいて」

「約束したのに送るのが遅くなってしまって申し訳ないです」

「いえ。いただけたことが何よりも嬉しいので」

　無事ギデオン様からは、誘いを受けるという答えが返ってきていた。

「スイーツ巡り……凄く楽しみです」

「たくさん食べましょう」

　悩みに悩んだ末に思いついたのが、王都でスイーツ巡りをするということだった。ギデオン様が甘い物が好きだということを思い出した私は、それを活かした内容にしたのだった。

（乗馬は私のやりたいことをやらせてもらえた感覚だからな。スイーツ巡り、喜んでもらえたみたいで良かった）

　王都で何か気になっているスイーツがないかと聞こうとした時、一人の令嬢がこちらに近付いてきた。

「あ、あの。アーヴィング公爵様……」

「はい」

名前を呼ばれたギデオン様は、さっと席から立った。私も様子を見ながら立ち上がる。

令嬢は緊張した様子でギデオン様を見つめていた。

「……よ、よろしかったら私と踊っていただけませんか？」

「えっ」

突然のダンスの申し込みに、ギデオン様は驚いた様子で固まっていた。

「女性から申し込むのはよくないとはわかっているのですが、もしよろしかったら……」

（そうだった。基本は男性から申し込むものなんだよな）

淑女教育で得た知識を思い出す。

令嬢は本気のようで、差し出した手は少し震えていた。

「……お気持ちはありがたいのですが、すみません」

「そ、そんな……失礼します」

断られた令嬢は衝撃を受けた表情になりながら、私達に背を向けて去っていった。

すると、その令嬢がダンスを申し込んだのを皮切りに、ギデオン様にダンスを申し込む令嬢が増えてきた。

（す、凄いなこれ）

いつの間にか数人が列になっており、ギデオン様は困惑した状態で断り続けていた。

（おいおい、断られたからって私を睨むなよ）

相手にすることはなかったが、気分の良いものではなかった。

(……私には何もできないよな)

今回限りのパートナーなだけであって、パートナー以外と踊ってはいけないというルールはなかった。私と踊りましょうと誘って連れ出そうか迷ったが、手を伸ばせずにいた。

(もしかしたら……この中に、ギデオン様も踊りたいと感じる令嬢がいるかもしれない)

隣に立てるように、ギデオン様にふさわしい人になれるようにと決意したはいいものの、まだ十分に努力できているとは思えなかった。ルクレツィア王女には認められたが、目の前にいる国内の令嬢達には冷たい目で見られている気がした。

それでも私は、ギデオン様の力になりたかった。

(私が……婚約者だったら、すぐに連れ出せるのに)

ふとそんな考えが浮かんで、何もできない自分に腹が立ってきた。

(……しっかりしろ。ただ見てるのが、私のやりたいことじゃない)

ぐっと手に力を入れると、私はギデオン様に近付いた。

「ギデオン様」

私が名前を呼んだ瞬間、すぐにこちらを向いてくれた。

「私と踊ってくださいませんか？」

手を差し出すと、ギデオン様はすぐに手を重ねてくれた。

「喜んで」

手を取ってくれたことが嬉しくて、口元が緩んでしまう。

「アンジェリカ様。失礼ですが、もう何度か踊られましたよね？　私達にお譲りくださ
い」

先頭にいた令嬢が、不満げな表情で私に抗議した。すると、周辺にいた令嬢達もそれに
同調するように頷き始めた。

「……悪いがそれはできない。私は譲りたくない」

キッパリと断ると、令嬢達は驚いた表情になった。

すると、今度はギデオン様が令嬢達の方に視線を向けた。

「申し訳ないですが、私はパートナー以外と踊るつもりはありません」

「そんな……」

令嬢達の間に悲し気な空気が漂う。

「ですので、これで失礼します。行きましょう、アンジェリカ嬢」

「は、はい」

ハッキリと意思を伝えたギデオン様。

「アンジェリカ嬢。静かな場所に移動しましょうか」

「そうですね」

ギデオン様の手に引かれて、私達は会場の外に抜け出した。

向かったのは、王城内の庭園。

月の光に照らされた花々がとても美しい場所で、その庭園をゆっくりと歩き始めた。

「ありがとうございます、アンジェリカ嬢。手を差し出してくれて」

「いえ……私の方こそ、手を取ってくださってありがとうございました」

その手はまだ繋がれたままで、私はじっと見つめた。

(クリスタ姉様に言われたんだったな……婚約者になりたいのかと)

あの時は、自分の想いに気が付いただけで、どうしたいのか、そこまでわからなかった。

それ以前の問題では、自分がこの先どんな道を選びたいのかも迷っていた。

――でも、今はハッキリと答えられる。

(私は、ギデオン様と一緒に、貴族として生きていきたい)

意を決すると、立ち止まって名前を呼んだ。

「……ギデオン様」

「どうかされましたか」

「……私は、ギデオン様をお慕(した)いしています。もしよろしければ――」

「アンジェリカ嬢」

私の言葉は、ギデオン様によって遮(さえぎ)られてしまった。

「そこから先は、私から言わせていただけませんか？」

最後まで言わせてもらえなかったことに不安を覚えると、ギデオン様は私の手を離した。

（な、なんでだ？）

「えっ」

ギデオン様は私と向き合うと、優しく手を掬い取った。

「アンジェリカ・レリオーズ様。私は貴女の全てに惹かれています。この目を怖がらずに、カッコいいと言ってくれたその温かさに何度も救われました。一緒にいる時間が心地よくて、これから先もずっと隣に居てほしいと思っております。……どうか、私と婚約してくださいませんか？」

「!!」

（え……えぇ!?）

まさかギデオン様から告白を受けるとは思いもしなかったので、激しく動揺してしまう。夢ではないか、聞き間違いではないかと思ったけれど、ギデオン様の真剣な目と優しく包み込まれた手を見る限り、起こっている出来事は現実のようだった。

婚約を申し込まれた。それを理解できると、私はくしゃりと笑ってそのまま大きく頷いた。

「お受けします……!!」

答えた瞬間に、ギデオン様は私をそっと引き寄せた。

「……よかった」

安堵する声が耳元で聞こえると、ギデオン様が私のことを想ってくれていたんだと実感できた。

ギデオン様の腕の中は温かく心地よかった。

しばらくの間抱きしめられていたが、ギデオン様はそっと体を離して宣言した。

「……必ず、アンジェリカ嬢を幸せにします」

「それなら私も。ギデオン様を幸せにします」

「では……二人で幸せになりましょう」

「はいっ」

私達はお互い見つめ合って笑みをこぼした。

「アンジェリカ嬢。ありがとうございます、あの時私を見つけてくれて」

「……先に見つけたのは公爵様ですよ」

本当は睨まれたから、睨み返したのだ。最初は締められるのだと思って、まずいことになったと頭を抱えていた。けれども結局、それがあったからこそ、ギデオン様と結ばれたのだ。

「アンジェリカ嬢。これから先、俺の傍を離れないでくださいね」

再びギュッと私を抱きしめたギデオン様は、耳元でそう囁いた。
あぁ、やっぱり。
この公爵様にガン飛ばしたら、大変なことに——最高に幸せなことになったな。
月の光に照らされながら、私は口元を綻ばせて、幸せを噛み締めるのだった。

# エピローグ

雲一つない晴れやかな空。

今日は絶好のスイーツ巡り日和だ。

私は支度を済ませると、玄関の前で待機していた。

「アンジェ」

「姉様」

「今日は暑いから帽子をかぶっていきなさい」

姉様はミーシャがセットしてくれた髪を崩さないように、そっと帽子をかぶせてくれた。

「ありがとうございます」

「スイーツ巡り、楽しんできてね」

「全力で楽しんできます」

ニッと口角を上げて頷くと、屋敷に近付く馬車の音が聞こえた。

「いってらっしゃい、アンジェ」

「いってきます、姉様」

玄関を出ると、ギデオン様が馬車から降りて来た。

「お待たせしました。アンジェリカ……今日は髪を上げているんですね」

「ギデオンに倣って、私も上げてみました」

「ということはお揃いですね」

（髪を上げただけでお揃いって……可愛いな）

ギデオン様の言葉に胸を動かされながら、馬車へと乗り込んだ。

今日は、ギデオン様と婚約者になってから初めてのお出かけだった。

建国祭で婚約の約束を交わした後、ギデオン様が正式にレリオーズ侯爵家に婚約を申し込んでくれた。

父様と母様が驚愕する中、クリスタ姉様は嬉しそうに何度も祝福してくれた。

その後、無事婚約が成立し、私達は晴れて婚約者となった。

それを機に、私達はお互いの名前を呼び捨てにすることにしたのだった。

王都に到着すると、ギデオン様——ギデオンのエスコートで早速お店を回り始めた。

「アンジェリカ、どこか行きたい場所はありますか？」

「実は挑戦しようと思ってることが」

「挑戦？」

きょとんとするギデオンの手を引きながら、私は王都で今一番人気の塩キャラメルプリのであれば、この列に並ぶ他ないのだ。

予約ができるお店ではあるのだが、それも三ヵ月待ちになっている。今すぐ食べたいの

大人気店なだけあって、長蛇の列ができていた。

「これは……凄いですね」

ンのお店に向かった。

「ギデオンはお店で長い列に並んだことはありますか」

「いえ、実は経験がなくて……ただ、ここの塩キャラメルプリンは気になっていたんで

す」

「私もここのプリンが食べてみたくて」

「並んでみましょうか」

「いいんですか？」

「もちろんです」

こうして私達は、最後尾に並ぶことにした。

「どれくらい待つんでしょう。三十分ほどですかね」

「長い時は一時間かかるそうですよ」

「それは凄い」

貴族であれば、長蛇の列に並んだ経験などまずない。ギデオンも同じはずなので、一抹

の不安が過った。私は念のため、ギデオンに尋ねた。

「なので、並ぶのが辛くなったら言ってください」

「アンジェリカの方こそ。足が疲れたらすぐに言ってくださいね」

「ありがとうございます」

却って心配されてしまった。

「それにしても、いいですね。こういう列に並ぶの」

「苦手ではないですか？」

「全く」

即座に首を横に振るギデオンを見て、私の中の不安が薄まっていく。

「……実はずっと並んでみたいと思っていたんです。王都にある流行のお店はいつ見ても、どこも長蛇の列でしたので。もちろん持ち帰りや予約をして食べたことはありますが、こうやって並んでみることにも少し憧れがありまして」

並んでみたかったというギデオンに、私の鼓動が跳ねた。

「それに、アンジェリカがいますから。二人でいれば、待ち時間もあっという間かと」

「確かに。それもそうですね」

私の懸念が消えたところで、待ち時間は楽しく談笑した。

本当に時間が経つのがあっという間で、いよいよ私達が注文する番になった。

「お次のお客様。ご注文をお伺いします」

店員さんに近付こうとした瞬間、突然若い男が割り込んで来た。

「塩キャラメルプリン二つ」

（あ？　何だこいつ）

当然ルール違反なわけだが、店員さんも困惑していた。

「早くしてよ」

割り込んだ上に催促とは、人間性を疑うレベルだった。

「すみません」

不快に感じていたのはギデオンも同じようで、彼は若い男の肩を叩いた。

「何だよ」

「割り込まれるのはいかがなものでしょうか」

「割り込んでないだろ、俺はただ塩キャラメルプリンを買いに来ただけ」

男は自分の手元を見たまま、ギデオンの声を聞き流していた。

「この列に並んだ人が、塩キャラメルプリンを買えるんですよ」

「うるせぇな、何なんだよ――」

男性がこちらを向いた瞬間、私は最高潮に不機嫌になっていたので、思い切りガンを飛ばしてやった。

「ひっ」

ギデオンの冷めた目はそれだけで圧になるので、二人並んで男を睨みつけているかのような構図になった。

「す、すみませんでした……！」

若い男は、全速力で逃げていった。

（謝罪は店員さんにもしろっての）

やれやれとあきれていると、店員さんから感謝された。

「ありがとうございます。助かりました」

「いえ、当然のことをしたまでです」

（いえ、当然のことをしたまでです）

心の中でギデオンと重なるように返した。

「塩キャラメルプリンを二ついただけますか」

「かしこまりました」

会計が済んで注文が通ると、店員さんはすぐに塩キャラメルプリンが入った袋を渡してくれた。

「すみません、頼んだのは二つですが」

「あの、お礼といってはなんですが、こちらの塩キャラメルプリンを二つ、つけさせていただきました」

「いいんですか？」

「もちろんです」

ギデオンの睨みがあったおかげで、プリンを二個多く獲得することができた。

私達は店員さんにお礼を告げながら、プリンを食べられる場所を探した。

ベンチを見つけたので、腰かけようとする。

「待ってください、アンジェリカ」

私の座る部分にさっとハンカチを広げてくれた。できた男だな。

「ありがとうございます」

二人並んで座ると、早速プリンを食べた。

「不思議な感覚ですね。しっかり塩気があるのに甘みも感じられて、キャラメルの良さがうまく活きている……凄く美味しいです」

（まるで食リポだな。すげぇ）

ギデオンの的確過ぎるコメントに、私は心の中で拍手をしていた。

「私も普通のプリンより好きかもしれないです」

美味しいプリンを味わいながら、二人の時間を過ごした。

「これがもう一個食べられるんですか。嬉しいですね」

「ギデオンのおかげですよ」

「アンジェリカも抗議していましたよね」

「えっ」

（ガン飛ばしてたのバレたか？）

別に今更知られてもどうってことはないのだが、ギデオンに見えないと思ってやっていたので、少し恥ずかしかった。

「じっと見ていたような気がしたのですが」

「見てましたね。不快感を表す表情をしてたかと」

「そのおかげもあって、相手は怯んだかと」

「そうですかね？　なら嬉しいです」

（睨みで怯ませた自信はあるけど、ギデオンの方が圧倒的に圧があっただろうな）

そんなことを思いながら、プリンを口に運んだ。

たまたま割り込んで来た男を追っ払ったら、幸運なことにプリンのおまけをもらえた。

そんな些細な幸せから、一緒にいられるという大きな幸せまで、私達ならこの先もずっと続くと思えた。

END

# あとがき

皆様こんにちは。作者の咲宮と申します。

この度は『ガン飛ばされたので睨み返したら、相手は公爵様でした。これはまずい。』をお手に取ってくださり誠にありがとうございます。

このお話は、元々小説投稿サイトに掲載していた作品です。読者の皆様に応援していただいたおかげで、書籍として形にすることができました。深く感謝申し上げます。

本作はウェブ版が完結するより先に、一つの作品として完成させることになりました。基本的なお話の軸は変わらないのですが、一冊の本として満足感のある読後感になるように改稿を重ねました。ですので、初めてお手に取ってくださった方はもちろん、ウェブ版を読んでいた方でも楽しんでいただけるかなと思います。

実はタイトルから考え始めたお話で、目付きの悪い公爵に動じないヒロインの構図が面白そうと思ったのがきっかけでした。睨まれて動じない令嬢は一定数いると思うのですが、そこで睨み返すのはそういう習性を持った人間しかいないと思い、前世ヤンキーな令嬢アンジェリカが誕生しました。それでも、何気にヤンキーとしての感覚が抜けないアンジェリカを従える姉クリスタルが、作中では最強なのかなと思っております。明確に上下関係がある二人ですが、お互いのことを大切に想っている姉妹でもあります。

物語の中心となるのは、恋愛未経験者アンジェリカと恋愛初心者ギデオンによる、すれ違いラブコメディが、タイトルにもありますように、メイン二人の睨み合いから始まる恋愛物語です。

今回、担当様には様々な角度から助言をいただきました。初めて前世ヤンキーの令嬢を書いたのですが、皆様に面白かったと言ってもらえる一作になっていることを願っております。ヤンキー感やアンジェリカらしさを引き出せたのは、担当様のおかげです。本当にありがとうございました。

イラストは沖田ちゃとら先生が、芯の強さとどこか抜けた愛らしさを兼ね備えたアンジェリカと、不愛想に見えながらも美麗過ぎるギデオンを描いてくださりました。心より御礼申し上げます。睨み合いが重要な本作において、圧がありながらも魅力的な瞳を描いていただけたことを、本当に嬉しく思います。

校正者様、デザイナー様、印刷所の皆様、この本に携わってくださった皆様のおかげで、書籍として刊行することができました。深く感謝申し上げます。

最後に、本作を読んでくださった読者の皆様に改めて感謝を。いつも応援していただきありがとうございます！　これからも応援していただけますと幸いです。

咲宮

■ご意見、ご感想をお寄せください。
《ファンレターの宛先》
〒102-8177 東京都千代田区富士見 2-13-3
株式会社KADOKAWA ビーズログ文庫編集部
咲宮 先生・沖田ちゃとら 先生

●お問い合わせ
https://www.kadokawa.co.jp/（「お問い合わせ」へお進みください）
※内容によっては、お答えできない場合があります。
※サポートは日本国内のみとさせていただきます。
※Japanese text only

# ガン飛ばされたので睨み返したら、相手は公爵様でした。これはまずい。

咲宮

2024年12月15日 初版発行

| | |
|---|---|
| 発行者 | 山下直久 |
| 発行 | 株式会社 KADOKAWA<br>〒102-8177 東京都千代田区富士見 2-13-3<br>（ナビダイヤル） 0570-002-301 |
| デザイン | 永野友紀子 |
| 印刷所 | TOPPANクロレ株式会社 |
| 製本所 | TOPPANクロレ株式会社 |



ISBN978-4-04-738234-3 C0193


定価はカバーに表示してあります。

◇◇◇